KB059351

나비잠

나비잠

처음 펴낸 날 | 2016년 7월 7일
두번째 펴낸 날 | 2017년 12월 22일

지은이 | 김경주

책임편집 | 박지웅, 조주희
주간 | 조인숙
편집 | 무하유
마케팅 | 홍승권
펴낸이 | 홍현숙
펴낸곳 | 도서출판 호미
등록 | 1997년 6월 13일(제1-1454호)
주소 | 서울시 서대문구 성산로 312(연희동) 북산빌딩 1층
편집 | 02-332-5084
영업 | 02-322-1845
팩스 | 02-322-1846
전자우편 | homipub@hanmail.net

디자인 | (주)끄레 어소시에이츠
제작 | 수이북스

ISBN 978-89-97322-29-9 03810
값 | 13,000원

이 도서의 국립중앙도서관 출판예정도서목록(CIP)은
서지정보유통지원시스템 홈페이지(http://seoji.nl.go.kr)와
국가자료공동목록시스템(http://www.nl.go.kr/kolisnet)에서
이용하실 수 있습니다.(CIP제어번호: CIP2016015606)

호미 생명을 섬깁니다. 마음밭을 일굽니다.

나비잠

김경주

초미

나비잠(Butterfly Sleep)
[명사] 갓난아이가 두 팔을 머리 위로 벌리고 자는 잠.
[명사] 날개를 편 나비 모양으로 만든 비녀. 새색시가 예장禮裝할 때 머리에 덧꽂는다.

인간은 인간을 달랠 수 있다. 인간은 인간이 아닌 것도 달
랠 수 있다. 운명이란 자신의 삶 속에서 이야기를 비워 가
는 것일는지 모른다. 이 이야기는 불면의 세계에 살고 있
는 사람들의 이야기이다. 그 잠을 달래려면 자장가를 찾
아 나서야 했다.

이야기를 지어 불을 피우고, 나무를 때고, 밥을 먹이다 보
니 이야기란 내가 아는 것을 말하는 것이 아니라, 내가
모르는 이야기를 듣는 시간에 가까웠다. 이 이야기는 조
금 더 나를 살아갈 것이라 느낀다.

시극은 이야기에 속살이 찌는 것을 밀어낸다. 배를 밀 듯
언어를 대양까지, 문 바깥으로 내보내야 한다.

미국에서의 공연을 앞두고 원제인 '나비잠'은 'Butterfly
Sleep'으로 변했다. 리듬이란 잃어버린 자장가에 대한 우
리들의 그리움일는지 모른다. 그 자장가에 담겨 있는 모
국어의 속귀(內耳)를 시적인 형태로 전달하고 싶었다. 시
극이라 불릴 수 있다면 내 가늠도 악취는 아닐 것이다.

2016, 김경주

물이 새듯이 이야기가 사라지고

누군가 다녀간 거취엔 이불솜은 사라지고 이불보만 남아 있듯이….

차례

때

이 이야기는 조선 초기 사대문과 도성 축성이 이루어지던 어느 여름의
시기를 다룬다. 왕은 대목수로 하여금 사대문의 축성 감독을 맡긴다.
이 시기 백성들은 가뭄과 기근에 시달리고 있었으나, 몇 해째 전국에서
민정들이 징발되어 도성 축조 공사에 부역을 해야 했다. 인부들은
숙소도 없이 노숙하며 고향에 돌아가지 못한 채 노역에 시달린다.
도성은 돌성(석성)과 토성(흙성)으로 나뉘어 있었으며 공사 구간 길이는
5만9천5백여 척이나 되었다. 징발할 때 약속대로 1차 축성이 끝나고 몇몇은
고향으로 돌아가기도 했으나. 과도한 노역을 감당하지 못한 채 성문 밖으로
달아나는 인부들이 점점 늘어났다. 성안은 흉흉한 소문들에 둘러싸였고
전염병이 돌기 시작한다.

시, 공간

인물들은 불면에 시달리는 듯, 낮인 듯 밤인 듯.
구별이 안 가는 시공간 속에서 움직이는 듯하다.
마치 백야 속에서 움직이는 구름들처럼 혼몽하다.

인물

대목수
악공
제사장
스님
달래
노파
망루 병사 1, 2
천문사관
장수
실루엣
마을 사람들 1, 2, 3, 4
병사, 마적, 인부
엄마 혼령
흙의 혼령
마적대장
맹인 천문관
어린 왕
늙은 신하

프롤로그

백야.
혼몽하다.

바람 속에 검은 그림자의 새가
가지 끝에 앉는다.
입안에서 모래를 토한다.

모래가 바닥에 흘러내려 쌓인다.

어두워지면

정적 속에서 작은 등잔불 하나가
천천히 밝아진다.

고요하다.

1막

흥인문興仁門

1장
동문 도성 안 자정

멀리서 들려오는
축성 공사 소리들
망치 소리
마른바람
못이 박히는 소리
마른바람
정이 돌을 깨는 소리
마른바람에
돌가루가
성곽에서
성안으로 날린다
마루에 쌓이는 돌가루
잠든 사람들의 이마 위에
쌓이는 뿌연 돌가루들

어느 초가, 방

호롱불
흔들린다
여인

비를 바라본다
갓난아기를
품에 안고
젖을 먹이고 있다

어미 자장 자장 우리 아가
  알강 달강 잘도 잔다
  누렁이는 앞발 베고
  눈꺼풀에 달이 온다

  자장 자장 우리 아가
  눈을 감고 달로 가라
  우리 집은 달이 밝아
  이마 위에 달이 산다
  나비들이 물고 간다

      아비 문 앞에서 비를 털고
      지게를 내려놓고
      자장가 소릴 듣고 있다

      여인 자장가를 멈추고
      아기를 가만 가만 흔들어 주다가
      꾸벅꾸벅
      존다

아비 (조용히) 자나?

깨어나는 여인
방문을 열고 비를 털고 들어오는 아비

아비 더워.

여인 덥네.

아비 목이 말라.

여인 아이도 목이 타.

아비 그만해. 누 아인 줄도 모름서.

여인 아가일 뿐이야.

　이 애는 젖이 필요해.

아비 니 젖은….

여인 내 젖이 왜?

아비 그만 그만. 이제 그만해.

여인 해 봐야 알지.

아비 소용없는 짓이야.

　　　사이
　　　·
　　　·

아비 내버려. 위험해.

여인 그럴 수 없어.

아비 내 말 들어.

여인 그런 말 말어.

아비 내가 버릴 거여.

여인 그러기만 해. 그날로 나도 우물로 빠져 버릴 거여.

18

아비 우린 할 만큼 했어….
여인 이 애를 키우면 돼….
아비 병든 애야. 전염병이 들었을 거야
여인 그런 말 말어. 당신이 어떻게 알어?
아비 오래 못 가고 다 죽잖아….
여인 (아이의 귀를 막으며) 애가 들어… 듣잖아….

　　　　사이
　　　　·
　　　　·

아비 온 지 사흘째야. 애가 자지를 않아. 울지도 않고 웃고만 있어.
　　역병에 든 거야.
여인 곧 잠들 거야.
아비 살아도 문둥이가 될 거야.
여인 이 아인 잘 살 거야. 내 젖을 먹일 거야.
아비 무슨 젖.
여인 내 젖.

　　　　사이
　　　　·
　　　　·

　　　　여인 아이를 어른다

여인 젖도 한번 못 물렸어.

아비 우리 아인 죽었어.

  당신 잘못이 아니야.

여인 사람들이 젖을 돌려 물리면 살릴 수 있어.

아비 (아이를 빼앗은 후 여인의 가슴 저고리를 올려주며) 당신 젖은 물이여.

  봐. 그냥 멀건 물이여… 이건 젖이 아니여. 애가 물고만 있잖아.

여인 곧 나올 거야. 아가가 물기 시작하면…. 곧… 나올 거야.

아비 당신은 젖이 안 나와. 도성에 젖이 다 말랐어.

여인 의원이 아가가 물면 젖이 나온댔어….

아비 바보야, 애가 나와야 젖이 돌지. 눈물이 나온다. 그런 말 말어.

  아비 흐느낀다
  아내도 흐느끼며 아이를 가만가만 흔든다
  새근새근 웃다가 눈을 감는 아이
  호롱불
  바람에 흔들린다

  사이
  .

  .

아비 자자. 늦었어.

여인 (아이를 보며) 이제 잠들었네.

  이불을 까는 아비
  아이를 가운데 눕히는 여인
  눕는 아비

20

눕는 여인
호롱불을 끄는 아비

사이
.
.

어둠 속
일어나는 아비

여인 왜 일어나?
아비 그냥.
여인 잠이 안 와?
아비 일이 좀 남았어. 먼저 자.

아비 짚신을 엮는다
여인 아이 쪽으로 돌아눕는다
가만가만 아이 가슴을 두드려 준다
아이 눈을 감은 채 숨쉰다
잠드는 여인
아비 아이를 조용히 안아든다
막이 내린다

2장
처마 아래

돌아가면서 젖동냥으로
아기에게 젖을 먹이는 사람들

여인 저고리를 연다
할아버지 저고리를 연다
소년 저고리를 연다
노파 저고리를 연다

젖을 물린다
저고리를 연다
돌아가면서
나란히 서서

(코러스)
저고리를 열어
젖무덤이 열리네
젖이 흐른다
엄마의 숨 냄새가 난다
엄마의 살냄새가 난다
아이의 머리칼이 자란다

빗속에 서서
가마니를 등에 지고
뱃속에 베개를 넣고 다니는 노파가
이를 지켜보고 있다

3장
지붕

자정을 틈타 성문을 열고
나무를 지러 간 지게꾼들
지게에 넣어
역병에 걸려 죽은 아이들을 데려왔다
구덩이를 파고
아이들을 버리는 지게꾼들
파묻는다
뒤를 돌아보며
성안으로 뛰어가는 사람들

성 바깥, 숲
새벽, 동문 도성 안
지붕 위

소 울음소리
잠든 인가들
아비가 잠든 아이를
강보에 안고 지붕 위에 있다
가만히 아기를 바닥에 내려놓고
달려간다

반대편
탈을 쓰고 나타난 광대
지붕 위에 서 있다
다가와 아이를 안아
가만히 흔들어 준다
강보 속에 아이가
새근새근 웃고 있다

광대 아이를 안아 달래는 듯
지붕을 왔다 갔다 걷는다

광대 아이를 안은 채
춤을 추며 아이를 달래는 듯한
자장가 같은 몸짓
달을 입에 넣고 웅얼거리듯
흔들림을 멈추고
잠시 머리를 들어
달을 바라본다

어둠 속에서 푸르게 빛나는 탈
지붕을 왔다 갔다 걷는다

반대편 성곽 망루
성곽을 지키는 어린 병사 형제
가마니 속에서 비를 피하며
꾸벅꾸벅 졸다가 깨다가 졸다가

먼 곳을 바라보다가

다시 고갤 숙이고

병사 형 자?

병사 동생 졸려.

병사 형 자면 안 돼.

병사 동생 알았어.

병사 형 더워.

병사 동생 더워.

　사람들이 입을 벌리고 하늘을 바라 봐.

병사 형 몰래 죽은 아이들을 내다 버린대….

병사 동생 무서워. 우리도 버릴까?

병사 형 우린 아이들이 아니야. 병기를 들고 성을 지키잖아.

병사 동생 맞아, 우린 병사야.

병사 형 하지만 몰라.

병사 동생 무슨 소리야?

병사 형 우리가 병들거나 죽으면 어른들이 숲에 버릴지도 모르지.

병사 동생 우린 아이도 아닌데.

병사 형 병이 들면 우리도 아이로 볼 걸.

병사 동생 난 아프지 않을 거야. 난 여기서 오랑캐를 발견하고 적이 오면
　싸울 거야.

병사 형 그래. 공을 세우면 아무도 우릴 어린아이로 보지 않을 거야.
　멀리 잘 봐. 뭐가 보이면 말해.

병사 동생 응. 형. 난 눈이 좋으니 잘 볼게. 근데…, 형….

병사 형 왜.

병사 동생 엄마는 언제 와?

병사 형 엄마는 안 와.

병사 동생 아빠는?

병사 형 아빠는 엄말 찾으러 갔어.

병사 동생 엄말 찾았을까?

병사 형 모르지. 엄말 찾았다고 해도… 오지 않을 거야.

병사 동생 왜? 우리가 여기 기다리는 걸 알잖아

병사 형 우린 다 컸어. 둘이 잘 살아야 해.

병사 동생 엄마 보고 싶어. 형은 안 보고 싶어?

병사 형 바보야. 우리가 더 크고 이다음에 다 커도 엄만 보고 싶은 거야.
참는 거야.

병사 동생 왜 참아?

병사 형 눈물이 나오면 사람들이 아이처럼 볼 테니까.

병사 동생 우릴 내다 버릴까 봐 두렵구나.

병사 형 아무도 우릴 버리지 못해. 넌 내가 돌볼 거야.

병사 동생 나도 형을 돌볼 수 있어.

병사 형 바보야 돌보는 건 어른이 하는 거야.

병사 동생 형은 눈물을 자주 흘리니까 아직 어른이 아니야.

병사 형 그래… 알았어. 배고프다. 말을 많이 하면 배만 고파.

병사 동생 나처럼 손가락을 빨아. 아니면 엄마 머리칼 냄새를 떠올려.

병사 형 그건 배고플 때 애가 하는 짓이야.

병사 동생 형도 엄마 손가락을 빨면서 잠들었잖아. 그리고 인부들도 배가
고파 손을 빨고 있던데….

병사 형 그런 건 보지 마. 저기 멀리 지평선이나 수평선만 봐야 해. 흙
속에서 먼지가 생기면 나팔을 불어서 알려야 해.

병사 동생 지평선과 수평선만. 둘은 형제야?

병사 형 떨어져 있지만 형제야.

사이

.

.

병사 동생 형?

병사 형 왜?

병사 동생 성안으로 몰래 들어온 사람은 어떻게 해야 해?

병사 형 위에 보고해야 하지.

병사 동생 지붕 위를 걷고 있어.

병사 형 지붕 위를 걷고 있다면 도적이 틀림없어.

병사 동생 뭘 안은 채 지붕 위를 걸어 다녀.

병사 형 뭘 훔친 거야?

병사 동생 모르겠어. 뭘 소중히 품에 안고 있어.

병사 형 이방인이야! 적의 염탐꾼이 확실해. 보고를 해야겠어.

병사 동생 나팔을 불까? 소릴 듣고 달아날 텐데. 왕도 갑자기 깰 텐데.
　우린 처벌받을 거야.

병사 형 활로 맞출 수 있겠어?

병사 동생 응, 아마도.

병사 형 떨어뜨려.

　　　　병사 동생 지붕 위의
　　　　이방인을 목격하고 활을 겨눈다
　　　　화살을 팔에 맞고 바닥으로
　　　　아이를 안은 채
　　　　떨어지는 광대
　　　　광대의 팔에서 흘러내리는 아이

광대 기어가서
아이를 당겨 안으려고 하지만
몸이 움직여지지 않는다
숲의 유령들이 등장한다
아이의 그림자를
바구니로 가져가려 한다
아이의 울음소리가 땅을 적신다
바람 소리
노파가 다가와 아이를 발견한다
히죽히죽 웃는다

노파 헤헤 헤헤
  아가 이가 없다
  이가 없다 아가

    달에 그믐이 쌓인다
    구렁이가 한 마리 성문이 닫히기 전
    미끄러지듯이 문틈으로 빠져나간다
    성문이 닫힌다

    빗속에 서서 베개를 버리고
    노파 아이를 뱃속에 넣어
    숲 속으로 사라진다

    퇴장
    성 밖, 숲속

희미하게 우는 소
울음소리

삽을 놓고
하늘을 올려다보는 아비
소 울음소리
희미하다

곡괭이로 구덩이를 파고 있는 늙은 아비
울기 시작한다
달구지 뒤에 앉아
치매 걸린 노모
히죽히죽 웃고만 있다
괭이를 내려놓고
노모를 안아 구덩이에 넣는다
쭈그려 앉아 우는 늙은 아비

아비 엄니 죄송해유.
　편한 데로 가세유.
　지도 바로 따라갈게유.
　울 엄니. 울 엄니.
　울 엄니 너무 불쌍해.
　엄니 절 용서하지 마세유.
노모 헤헤. 춥다. 헤헤.
아비 자장 자장… 우리 엄마
　잘도 잔다 우리 엄마

시름 없이 달로 가소
여긴 두고 웃고 가소

　　　어미 조금씩 잠든다
　　　삽을 들어 어미를 내려치려 하다가
　　　삽을 내려놓는다
　　　오열하는 아비
　　　눈 감고 웃는 노모

　　　건너편에서 노랫소리

노파　꼭꼭
　　숨어라
　　머리카락
　　보인다

　　　아비 두리번거린다
　　　저편에 아이를 안은 채 노파가 보고 있다
　　　노파 사대문 밖에 버려진 시체들의
　　　머리칼을 가위로 잘라
　　　바구니에 모으고 있다
　　　유령들도 시체들 옆에서
　　　머리칼을 바구니에 담고 있다

아비　어, 뭐, 뭐야…! 죽은 사람 머리카락을 자르고 있잖아. 다… 당신
　　뭐하는 짓이야?

31

아비 노모가 볼까 봐
눈을 두 손으로 가린다

노파 꼭꼭 숨어라 머리카락 보인다.
　꼭꼭 숨어라 머리카락 보인다.
　이것아 어서 삽으로 끝내.
　두 사람 머리카락 기다리고 있잖아.
　헤헤 헤헤.

아비 미. 미쳤어… 미친 거야.

소달구지에 노모를 싣고
달아나는 늙은 아비
달구지를 버리고 노모를 등에 업은 채
성 쪽으로 달아난다

몇 해가 지난다

2막

숭례문崇禮門

가뭄

밤은
나무가 잃어버린
나뭇잎들을 찾는
소리들이다

1장
성곽. 망루

인부들 여기저기 노숙을 하고 있다
마른바람
잠든 노숙인의 주머니를 뒤지는 걸인
코 고는 소리
몸을 뒤척이는 소리
마른바람
사람들 배 위를
기어 다니는 생쥐들
성문 꼭대기
처형당한 머리통이
하나 걸려 있다
눈알에 알을 낳는
파리 떼

성곽.

어둠 속에서
삽질하는 인부
곡괭이질하는 인부

모래 나르는 인부
무표정이다
며칠 동안 잠을 못 잔 듯이
피곤과 졸음으로
천천히 걷듯이
움직이다가
멈추었다가
느릿느릿 움직인다

망루.

어린 병사 둘
병기를 옆에 세워 두고
꾸벅꾸벅 졸고 있다
성곽 가장자리에서
토지신과 산신들에게
정화수를 떠 놓고
절을 하고 있는 대목수
부하들 뒤에서 이를 지켜본다
몇 번 절을 하다가
목이 타다는 듯이
주저앉는 대목수
소용없는 짓이라는 표정으로
정화수를 들어
꿀꺽꿀꺽 마셔 버리는 대목수

그릇을 내던진다

성안, 자정 전
성곽, 망루

성곽을 지키는 어린 병사 둘
모여 앉아 불을 쪼이고 있다

병사 동생 형, 형아!

병사 형 졸려.

병사 동생 자면 안 돼. 잠들면 위험해.

병사 형 안 자.

병사 동생 그럼 뭐해?

병사 형 눈 감고 뭘 보는 중이야.

병사 동생 뭐가 보여?

병사 형 아무것도.

병사 동생 그럼, 뭘 보는데?

병사 형 어둠. 우물 속의 어둠.

병사 동생 어둠을 어떻게 봐.

병사 형 그냥 느끼고 있어. 눈을 감으면 눈 속에도 달이 들어온다. 차.

병사 동생 정말 달이 차갑네. 우리 발등까지 내려왔어.

병사 형 성문을 닫아야 해.

병사 동생 기다려.

병사 형 바람이 성문을 닫으려 하는데… 기우제를 올린대. 한강에선
  호랑이 머리를 참수한대.

병사 동생 비가 오도록?

형사 형 비가 오도록. 큰 가마가 들어온대.

병사 동생 가마? 어떤 가마?

병사 형 들어가면 잠이 온대.

병사 동생 형, 가마 속에서 자장가가 들려오면 어떡해?

병사 형 자장가를 듣지 마. 잠들면 안 돼. 귀를 막아야 해.

멀리서 음악이 들린다

제사장 바위에 불을 피우고 있다
아래를 내려다보며
축성을 둘러보기 시작하는 대목수

대목수 막사로 들어온다

화려한 여인의 화장대가 보이고
기묘하게 생긴 실험기구들 놓여 있다
특이하게 생긴 저울 위에 놓인 짐승의 피를
흙이 담긴 유리병 속으로 조심히 옮긴다
흔들어 섞는다
저울의 접시 위에 붓는다
눈금을 재 보고
다시 흙을 조금 더 넣어 보고
흔들어 보고 무언가에 열중하는 듯하다
만족하는 듯하다
같은 방식으로 기묘한 차 '최음제'를
달이기 시작한다

멀리서 제사장의 괴이한 주문이 들린다
제사장 짐승의 피를 뿌리고
바위 위에 불을 피운다
제단에 올라 제의 중인 제사장
대목수 차를 마시며 이를 지켜본다
천문사관 옆에서 대목수의 귀에 대고
뭔가를 속삭인다

멀리서 들려오는
축성 공사 소리들
제사장 어디선가 들려오는 소리에
귀를 기울인다

제사장 막사로 들어온다
천문사관 따라 들어온다
장수 따라 들어온다
대목수 차를 마시며

대목수 돌들이 햇볕에 뜨거워지고 있다.
장수 바위에 손을 대면 피부가 달라붙는 가뭄입니다.
대목수 흙은 가을이 되면 이슬이 차서 푸석해진다…. 완공을 서둘러야
 한다.

　　사이
　　　・
　　　・

대목수 달아난 자들은 처리했느냐?

장수   숲이 숨기고 있습니다.

대목수 창끝에 찔러 데리고 오너라. 성문 앞에 효수할 것이다. 지나가는
사람들이 볼 수 있도록.

장수 지나가는 사람들이 볼 수 있도록.

(눈치 보며) 대목수 님, 병든 젖을 먹고 자란 아이들은 돌이 되기도
전에 가마니에 실려 성 밖으로 버려집니다. 공사 중에 떨어져 죽은
시체들이 죽은 쌀들처럼 쌓여 갑니다. 성안에 가뭄과 전염병이 돌기
시작합니다. 잘 곳이 없어 벌레들이 사람 몸에 새끼를 낳고 집을
짓기 시작합니다. 성 바깥에서는 타르타르 족 마적 떼들이 호시탐탐
어슬렁거리고 있습니다. 저는 두려워서 자다가도 침을 흘립니다. 언제
그들이 이 성안까지 넘볼지 두렵기만 합니다. 인부들은 며칠째 밤에
눈을 뜨고 침을 흘리다가 몰래 달아나는 자들이 생겨나고 있습니다.

대목수 무너진 성벽에 죽은 사람의 머리통을 박아 넣어서라도 완성해야
한다.

장수 무너진 곳에 죽은 사람의 머리통을 박아 넣어서라도.

대목수 수구 옹성 2간이 무너졌다. 축석과 채석이 약하다. 돌을 다듬고
땅을 다듬는 과정에 신경 써라. 축대를 쌓는 과정과 흙을 채취하는
과정에는 내가 직접 임하겠다.

　　　사이
　　　·
　　　·

　　　천문사관 옆으로 다가와
　　　대목수의 어깨에 묻은 흙을 털어 준다

대목수 흙은 하루에 몇 번 올라오느냐?
천문사관 인부들은 올라갈 때는 등에 흙을 지고, 내려올 때는 등에
    시신을 업어 내려올 정도로 축성에 혈육을 바치고 있습니다.
대목수 차질 없게 하거라.
천문사관 차질 없게.

       대목수 등짐을 나르는 인부들을 보며

대목수 왕께서 사대문 도성 축성에 관한 모든 것을 내게 일임했다.
    낮에는 땀을 흘리고 밤에는 침을 흘려야 할 것이다.

       대목수 완성된 차를 마시다가 입가에 흘린다
       다가와 자신의 옷으로 닦아 주는 천문사관

장수 어린 석공들은 어떻게 할까요? 부모가 바닥에 굴러 떨어지자
    울어 댑니다.
대목수 입을 막고 울게 하거라. 입에 돌가루를 집어넣어라. 귀에
    돌가루를 넣어라.
천문사관 서로의 울음이 들리지 않도록, 귀와 입에 몰래 돌가루를
    집어넣겠습니다.
대목수 빌어먹을!

       장수 눈치를 보다가 퇴장한다
       대목수 바둑판에 다시 앉는다
       천문사관도 맞은편에 다시 앉는다

하인이 발을 씻기 위한 그릇과
따뜻한 물을 가지고 들어온다
대목수의 발을 씻긴다
바둑을 두는 천문사관과 대목수

천문사관 어이쿠. 오늘도 제 집을 다 빼앗겼습니다. 대목수 님 기보는
　　캄캄하다가 선명해지고, 분명하다가도 희미해지는 것이… 제 돌은
　　미련해 따라가질 못하겠습니다. 흰 돌로 저를 완전히 벼랑까지
　　밀어내셨습니다.
대목수 (흰 돌을 놓으며) 그대가 쌓은 검은 돌은 항상 속이 텅 비어
　　가볍다. 하늘 길을 다 외고 있는 사관이여, 그댄 궁지에 몰릴 때마다
　　하늘을 바라보는가?
천문사관 아이고! 대목수 님, 오늘도 제가 졌습니다.
대목수 (흰 돌, 검은 돌을 통에 쓸어 담으며) 네 천기가 나는 꿰뚫어 보지
　　못했나 보지?
천문사관 (손사래를 치며) 아, 아닙니다. 대목수 님, 제 수가 대목수 님
　　앞에서 놀아 봐야….
대목수 낭떠러지지! 네가 입에 물고 온 검은 돌들이 우루루 벼랑으로
　　떨어진다. 히히. 비린 것. 사관아, 내 돌들을 어디에 두어야 하느냐?
천문사관 쥐고 계신 흰 돌은 창백한 돌이옵니다. 민초의 마음, 비어 있는
　　곳에 두소서….
대목수 치워라. 손세가 그리 약해서야… 굳은살 좀 키우거라.

　　　　　대목수 바둑판을 밀어낸다

천문사관 대목수 님. 이제 두 달밖에 안 남았습니다. 기한 안에 축성을

마무리하지 못하면 대목을 바꾸겠다는 조정의 서간이 내려왔습니다.

대목수 완성한다. 할 수 있어.

천문사관 세상이 어디 의지만으로 되는 곳입니까?

대목수 너희처럼 글깨나 읽어서 세운 의지가 아니다. 한 돌 한 돌 쌓아 여기까지 왔다. 정도전 선생이 세우신 인의예지의 기조는 축성 과정에 잘 녹아들어 가는 것 같은가?

천문사관 동문인 흥인문은 인의 철학을 뒷구멍으로 숨기며 잘 살고 있습니다. 서문인 돈의문은 의의 철학을 깔아뭉개고 잘 지냅니다. 남문인 숭례문은 예의 철학이 씨알도 안 먹히지만 별 탈 없습니다. 북문인 숙정문은 지의 기조를 땅에 떨어뜨렸지만… 똥은 아침저녁으로 잘 누고 있습니다.

대목수 허허. 그래? 곧 이 나라 왕릉들이 더위에 여물어 갈라지겠군. 듣기론 도성 안 사람들이 잠을 못 자고 있다던데?

움찔하는 천문사관

천문사관 꾸벅꾸벅 졸고 있는 놈들 천지입니다.

대목수 왜지?

천문사관 물이 부족하기 때문입니다. 오랫동안 물을 마시지 못하면 천강과 비강이 약해져 자꾸 졸음이 옵니다. 가뭄으로 물을 마셔 본 기억이 언제인지 모를 지경입니다.

대목수 비가 좀 와야 하는데… 깨진 돌들도 흙이 받쳐줘야 아물지. 제사장의 기우제는 이번에도 실패인가?

천문사관 대목수 님! 제사장의 말을 모두 믿어선 아니 되옵니다. 그자는 말가죽을 벗기던 백정들의 후예입니다. 말을 타고 이 나라에 들어와 사람들을 해치고 불을 지르며 난동을 피우던 그런 놈들이 바로 백정

아닙니까? 그런 백정 놈이 짐승의 피나 살을 가지고 하늘을 읽는다는
것은 가당치도 않습니다. 그자의 혀는 밤하늘보다 캄캄해서 아무것도
보지 못합니다. 대목수께서는 오로지 왕께서 허락한 천문관들의
역문에 의거하여 운을 살피셔야 합니다.

　　　　대목수 천문사관을
　　　　물끄러미 바라보다가

대목수　음… 그대의 혀는 참으로 새싹처럼 잘도 자라는구나. 그 혀가
　　　어디까지 자라서 나무가 되고 숲이 될지 궁금할 지경이다. 보름날
　　　기우제를 준비하라. 이번 기우제에 쓸 가마는… 내 손으로 직접
　　　만들겠다. 가 봐.

　　　　대목수 바둑판을 꽝 내리친다

천문사관　(고개를 돌리고) 빌어먹을. (다시 대목수를 향해) 대목수 님께서
　　　어서 자손을 가지셔야 민심이 안심합니다.
대목수　정화수를 떠놓고 빌어 보지만 빌어먹을 일이다.
천문사관　다음 달. 역술에 의하면 달이 찹니다. 달이 꽉 차면 그 안에
　　　궁을 지으소서.
대목수　달 속에 궁을 지어라? 축성도 이렇게 버거운데.
천문사관　히히. 여인의 치마 속에서 달이 열립니다.
대목수　차라리 치마를 입고 거리로 나가 궁 밖에서 살고 싶다. 난 아이를
　　　갖고 싶지 않아.
천문사관　대목수 님이여, 그런 말은 입 밖에도 내지 마소서. 남아의
　　　운상을 펼쳐 나라의 명을 받들고 도성을 돌보아야 하옵니다. (대목수의

손바닥을 펼치며 손금을 본다) 대목수 님이 포기하시면 사대문에서 피가
흘러나올 것입니다.

대목수 밤마다 악몽을 꾸며 침을 흘린다. 검은 머리칼들이 내 입에서
흘러나오는 것을 꿈에서 보았다. 현명한 천문사관이여, 비는 언제쯤
오는가?

천문사관 기일을 찾고 있습니다. 인부들이 대목수 님의 호령에 맞추어
숨을 쉬고 있습니다. 곧 사대문 도성이 완공되면 이 나라에도 역병과
가뭄이 멈출 것입니다.

대목수 그대의 그 찰진 말처럼 척척 축성이 되었다면 벌써 끝났겠지.
네 혀가 뱀처럼 내 몸을 감는구나.

천문사관 헤헤.

        발을 빼는 대목수
        수건으로 발을 닦아 주는 하인
        그릇을 들고 물러가는 하인

대목수 아이는 찾아봤는가?

천문사관 대목수 님 눈을 꼭 빼닮은 아일 찾았습니다.

대목수 근데?

천문사관 성 밖에 다시 내다 버렸습니다.

대목수 역병이 확실한가?

천문사관 역술에 의하면 애가 사흘이 지나도 울지 않으면 문둥이가
된다고 합니다. 잘못 데려온 듯합니다.

대목수 울음이 없었는가?

천문사관 네. 역병이 어른들의 입으로 들어와 아이들의 입으로
옮겨집니다. 마을의 아이들은 태어나도 울지를 않습니다. 모두들

역병이 두려워 구덩이를 파고 몰래 제 아이를 파묻고 있습니다.

대목수 살아 있는 것들을?

천문사관 죽어 가는 것들을.

대목수 쯔쯔쯔. 병든 아이나 부모를 산 채로 파묻는 게 그게 역병이지. 도가 지나치다.

천문사관 대목수 님, 거짓으로 아이를 낳았다고 한들 아무도 믿지 않을 겁니다. 직접 씨를 인간의 살 속에 뿌리셔야….

대목수 난 자손을 갖지 않을 거야.

천문사관 제가 밤을 맞추고 숨소리를 나눌 여인과 좋은 날을 다시… 한 번….

대목수 그만둬. 관심 없다.

천문사관 대목수 님이 먼저 태동을 보여주셔야 아랫것들이 안심합니다. 정화수를 올리고 빌어야 합니다.

대목수 빌어 봐야 빌어먹을 일.

천문사관 (고개를 돌리며) 빌어먹을….

　　　　사이
　　　　　·
　　　　　·

천문사관 지금은 백야입니다. 곧 다시 기일이 옵니다. 우리 천문사관들의 주관 아래 장안의 악사들을 부르고 사대문 밖에서 호랑이 머리를 놓고 기우제를 다시 준비하겠습니다.

대목수 호랑이 머리로? 그건 제사장의 재기가 아니던가?

천문사관 저희도 능히 능한 일이옵니다.

천문사관 눈치를 보며 퇴장한다

대목수 저자의 예언은 꿀과 피만 낭자하다. 충절심이라곤 하나도 없는
호위병처럼 건성으로 내 주변을 어슬렁거릴 뿐이다. 꽃가루로 둔갑한
말들뿐이다… 어린 조정과 다를 게 없어.

> 대목수 막사에서 나와
> 제사장에게로 다가간다
> 제사장 제의를 멈추고
> 등을 돌린 채로
> 먼 곳의 지평선을 바라본다

대목수 (다정하게) 제사장 들어가도 되는가?
제사장 소리가 들려옵니다.
대목수 무슨 소리?
제사장 매일 밤 바람에 실려 옵니다. 잠든 사람들의 귀로 흘러들어 오고
있습니다.
대목수 내 귀엔 대못이 쑥쑥 들어가는 소리, 돌이 척척 쌓이는 소리만
들린다.
제사장 그 소리는 한 번도 잠들지 못했습니다.
눈을 뜨고 이곳으로 오고 있습니다.
대목수 성문 밖, 안개 속에서 어슬렁거리는 저 말발굽 소리 말인가?

> 제사장 고개를 흔든다

대목수 겁나지 않아.

제사장 그 소리가 흘러올 때마다 성벽이 눈물을 흘리고 있습니다.
 천기는 이 세상을 늘 사람들의 꿈속에 숨기고 있습니다.
대목수 (허리춤에서 칼을 꺼내들며) 공사에 방해가 된다면 베겠다.
제사장 소리는 칼로 벨 수 없습니다.
대목수 내 흙으로 그 소리를 덮을 것이다.
제사장 흙 속에도 소리는 들어가 쌓입니다.

        사이
          .

          .

대목수 이곳으로 오는 것이 확실한가?
제사장 대목수 님이 오래전부터 기다려 온 소리입니다.
대목수 내 안의 박동은 오직 정과 망치로 이루어진 소리뿐이야.
제사장 흙이 울고 있습니다.
대목수 어디서 말인가?
제사장 어디긴요.
대목수 들리지 않아.

        사이
          .

          .

대목수 왜 그가 다시 돌아오는가?
제사장 때가 되었기 때문입니다.
대목수 성문을 닫아라. 열어 주지 않겠다.

사이

　·

　·

차를 마시는 대목수

제사장 그 차는 그만 드셔야 합니다. 대목수 님이 미쳐 간다고 상소를
　　올리고 있습니다. 이상한 소리들을 중얼거린 지도 꽤 되셨습니다.
대목수 날 모함하기 위해 뒤를 캐고 있다. 조정은 날 신뢰하지 않아.
제사장 매일 꿈속에서 그 소리를 따라가시기 때문입니다
대목수 그게 보이는가?

사이

　·

　·

대목수 (칼을 들어 칼끝을 보며) 피를 부르겠군.

사이

　·

　·

대목수 나는 성벽에 사람들의 피를 쌓아올릴 것이다. 궁 안에 있는
　　저치들은 인부들의 굳은살을 알지 못한다. 축성을 완성한 걸 보여주고
　　말겠어. 내 눈에 흙이 들어가기 전에는 운명은 바뀌지 않는다.
제사장 눈에 흙이 들어가기 전에는….

성곽을 내려다보는 대목수

제사장 퇴장

2장
성 밖. 숲속. 움막

노파 잘라 온 머리칼을 엮어 가발을 만들고 있다
마당의 항아리들 속에 머리칼이 가득하다
인형놀이를 하는 달래
인형을 안아 인형이 꾸벅꾸벅 조는 흉내
노파 일을 멈추고 달래를 안아 재우려 한다

노파 자장 자장… 우리 아가
　잘도 잔다 우리 아가
　눈을 감고 달로 가라

　우리 집은 달이 밝아
　나비들이 너를 물어
　풀잎 속에 놓아 준다
　자장 자장 우리 아가

　　달래 졸리는 표정
　　노파가 가만히 잠들어 버린다
　　달래 눈을 뜬다
　　그녀 앞으로 숲을 둥둥 떠가는 가마 보인다
　　바람 소리

달래 깨어난다
가마를 보고 다가가려 한다

달래 가. 가마. 다.
　가. 가. 가지. 마

　가마 멈춘다
　숲의 정령인 '땅속을 나는 새' 등장

땅속을 나는 새 새가 잠든 사람의 머리카락을 물고 날아가면…. 사람은
　밤에 날아다니는 꿈을 꾸게 된대. 안 돼. 안 돼. 넌 그 안으로 들어가면
　안 돼.

　　달래의 귓속으로
　　'땅속을 나는 새' 들어가 버린다
　　귀를 만져 보는 달래
　　머리를 이리저리 흔들어 보고
　　귀를 흔들어 보고
　　저고리에 손을 넣어
　　가슴을 만져 본다
　　마치 귀로 들어온 새가
　　가슴속에 새가 들어가 버린 듯하다
　　새 소리가 뛰는 듯
　　희미하게 미소 짓는다

　　멀리 말 한 마리 자신의 등에 잠이 든 상태의

악공을 태우고 걸어오고 있다
말의 등에 화살이 하나 박혀 있다
말은 호수 앞에 멈춘다
눈을 뜨는 악공 주변을 두리번거리다가
말에서 내린다
악공은 호수에 서서
지친 말에게 물을 먹이기 시작한다
먼 길을 함께 달려온 늙은 말이다
늙고 지쳤다
화살을 빼내어 주다가
말의 눈을 천으로 가려 준다

악공 잘 가거라….

무릎을 꿇고 연주를 해 주려고 한다
연주를 그만둔다

악공 난 오다가
죽은 병사들의 손가락을 주웠고,
병든 아이들의 발가락을 주었고,
바위 속에 뚫린 구멍에
머리를 박고 우는 사람도 보았네.
말아, 가여운 내 말아.
눈이 멀었구나.
넌 바람 속에서 태어나,
먼 곳의 바람 소리를 들어주는

좋은 귀를 가졌었다.
고맙구나, 잘 가거라.

    무릎을 꿇고 예를 취한다
    눈이 먼 말의 목을 가만히 벤다
    편하게 바닥에 주저앉는 말
    죽은 말을 끌고가 물속으로 가라앉힌다

    나무 뒤에 숨는 소녀 숲을 지나가는 가마를 본다
    움막을 발견하는 악공
    깨어나는 노파
    달래가 달려와 품에 안긴다

    움막

노파 뉘시오?

악공 지나가는 가객입니다.

노파 당신 몸에서 이방인의 말 냄새가 나는군요. 당신 머리칼에서 바람
   냄새가 납니다.

악공 이 숲을 지나가는 바람 냄새예요. 하루만 쉬게 해 주시오.

노파 썩은 시체들이 성 밖으로 버려지죠. 숲에도 버리기 시작했어요.
   전염병이 돌아요. 그 사람들 머리카락을 잘라 살아가고 있어요. 여기
   있는 것들이 그 사람들의 머리카락입니다.

    악공 머리카락이 든 항아리를 만지려 한다
    노파 악공의 손을 찰싹! 친다

악공 죽은 사람의 머리카락을 어디다가 쓰시게요?

노파 가발을 만들어 팔아요. 장터에 나가.

악공 가발이요?

    사이
    .
    .

노파 이방인은 성안으로 들어가면 위험해요.

악공 흉문이 자자하던데….

노파 사람들은 무서워서 아이를 낳지 않아요. 무서워서 아이를 장롱에
    숨겨요. 마치 비밀을 가져야만 살아남을 수 있다는 듯이 서로의 눈을
    믿지 않아요.

    사이
    .
    .

악공 고향에 돌아가지 못한 자들은 어떻게 하나요?

노파 머리카락을 잘라 고향에 보내곤 하죠.

악공 죽어서요?

노파 고향이 어디요?

악공 난 고향이 없습니다.

    노파 밭은기침을 한다

노파 쉬시오. 내일 당신은 이 숲을 떠나야 합니다. 이 항아리엔 내일
　아침이면 머리칼들이 가득해진답니다.

　　　노파 항아리들 위에 천을 덮어씌운다

악공 저 아이는 말이 없네요.

　　　가위를 들고
　　　항아리에 자신의 머리칼을 잘라 담는 달래

악공 무 무슨 짓이야? 머리카락은 왜 잘라?
달래 파 파 판 다.
악공 멈춰. 그걸 팔아서 얼마나 받는다고.
달래 또. 또. 자. 자. 란다. 엄. 엄. 마가. 배. 배. 고. 고. 프. 다.
악공 그만둬!
달래 또 또 자라 파 파 판다.

　　　달래를 안는 노파
　　　호기심으로 악공을 바라보는 달래

노파 달래라고 해요. 갓난아이 때 버려진 걸 내가 데려와 젖을 물렸어요.
　아이가 말을 더듬지만 착하고 순해요
악공 아, 네…, 달래….
노파 가자, 가자. 숨소리가 약해졌어. 방으로 가자. 어둡다.
달래 어 어 엄 마가. 배 고 고 프 다.
노파 괜찮아. 난 배 안고파. 그래 그래. 내 새끼.

경계하는 달래
머리칼로 자신의 얼굴을 가린다
노파 항아리 속 머리칼을 정리한다
가위를 들고 바구니를 들고 나간다

3장
아궁이

그림자.

부엌에서 아궁이를 지피다가
졸고 있는 소녀
그 옆으로 다가와 앉는 악공
불을 쪼이는 둘
졸리는 악공
떨어지는 고개
달래에게 기대어 잠든다
생솔을 집어넣는 달래
악공을 바라보다가
생솔을 집어넣고
악공을 바라보다가
생솔을 넣고
찔레꽃을 넣고
달맞이꽃을 넣고
애기분홍꽃을 넣고
눈을 비비며
졸리는 눈
잠시 졸다가 놀라 일어난 소녀

오랜 여행에서 지친 듯
달래의 어깨에 침을 흘리며
자는 악공
가만히 악공의 머리칼을 만져 보는 소녀
자신의 머리칼도 만져 본다
이상한 음으로
자장가 음을 낸다
악공이 뒤척이자 놀란다
미소 짓는다
노파 들어온다
이불을 펴고 눕는 노파
달래 일어나서 노파와 악공에게 이불을 덮어 준다
불이 꺼진다
시간이 흐른다
노파와 악공 달래 나란히 누워 있다
일어나 구석으로 가서
자신의 긴 머리칼을 자르기 시작하는 달래
항아리에 넣는다
다시 자리로 돌아와
눕는다
돌아누워 악공의
잠든 두 눈을
만져 본다
악공을 바라보는
소녀의 눈동자 속에서
아궁이가 뜨겁다

머리칼이 자라기 시작하는 달래
밤이 깊어진다

달래인형의 무릎에
악공인형이 머리를 베고 누워 있다
서로의 눈동자에 머무는 눈동자들
가만히 바라본다

달래인형 악공인형의 머리를 들어
따뜻한 물에
머리를 감겨 준다
눈을 감고 잠든 듯
꿈을 꾸듯이
과거인 듯
미래인 듯
먼 곳을 떠올리는 악공인형

사이
.

.

나비가 달래를 입에 물고
어디론가 떠 간다
나비가 입에 물고 있던 달래를 떨어뜨린다
나비 날아간다
달래 나비의 메아리를

따라가다
흐느끼듯
뭔가를 중얼거리듯
천천히
느리게
허공으로 흩어지는
숨소리를
따라
성벽에 다가가
귀를 대어 본다

달래 나. 나비. 가
  우. 운다
  나. 나비. 가
  타. 타. 탄다

심장을 잡은 채 푹 쓰러지는 달래
죽어서 땅에 떨어진 나비처럼 늘어져
두 손을 하늘로 펼친 채 잠을 자는 표정이다
모여서 웅성거리는 사람들
지나가는 스님이
소녀의 이마를 문질러 주고 있다

스님 아가야, 아가야, 괜찮다. 그래, 그래. 그냥 눈을 감고 있거라.

소녀 숨을 고르기 시작한다

달래 아야. 아야.
스님 숨을 쉬거라. 자신을 바람에 실려 있는 하늘이라고 생각하렴.

　　　　새가 땅에 떨어진 달래의 머리카락을
　　　　하나 물고 날아간다

스님 아가야, 아가야. 자, 이제 천천히 나오거라. 꿈에서 나오거라.

　　　　달래 눈을 뜬다
　　　　악공이 나타나 소녀를 부축한다

달래 나. 나비. 가.
　무. 물고 갔 어.
　나. 나. 를.
　입. 입. 에.

　　　　스님 달래의 이마를 문질러 주며

스님 심장이 아픈 아이야.
악공 무슨 뜻이죠?
스님 혀 색깔을 보면 알 수 있어. 심장이 약하면 혀가 참새의 혀만큼
　작아져요.
악공 말을 더듬을 뿐이에요.
스님 자기 몸에 비해 심장이 아주 작아. 저런 숨으론….

　　　　악공 소녀를 업는다

악공 가자…, 가자. …집으로 가자.

다시 혼절한 달래
악공의 등에 업혀 축 늘어져 있다

스님 잠들었군.

일어나 이마의 땀을 닦는다

사이
.
.

스님 이보게…, 젊은이….

악공 못 들은 척한다

악공 아무 일도 일어나지 않을 겁니다.
스님 이 아이는 숨이 차…. 귀신보다 차가운 숨을 가졌어.
악공 가야겠어요.

악공 달래를 업고 걸어간다
스님 바닥에 떨어진
달래의 머리칼 한 줌을 줍는다
이때 남문이 열리고
소년 전령1, 2와 함께 목 없는 유령 말이

뚜벅뚜벅 걸어 들어온다

전령1 (스님의 무릎을 붙잡고) 스님…. 저주를 풀어주소서…, 저주를
풀어주소서.

스님 어린 병사여, 일어나거라. 넌 짐승이 아니다. 성 밖에서 무엇을
보았느냐?

전령1 바람 속에서 슬프고 기이한 노랫소리가 들려왔습니다. 손으로
구덩이를 파면 입에서 흙이 넘어왔습니다.

전령2 무덤을 열고 입을 벌린 채 숲에서 걸어 나왔어요. 머리통을 손에
들고 걷고 있었어요. 아무리 활을 쏘고 방패로 막아서도 그들은
피를 흘리지 않았습니다. 단검들을 말들의 눈동자 속에서 박아 넣고
혼을 잃은 바람 속에서 허우적대듯이 모두 죽은 뱀의 피를 마신
사람들처럼 빨간 창과 파란 칼을 버리고 자신의 머리칼을 입에 물고
울었습니다. 어딘가에서 끊임없이 흘러오는 슬프고 기이한 노래와
연주를 들으면 귓속에서 흙이 쏟아지곤 했습니다. 그 모습을 한번
보면 살아남은 자들 또한 자기 전 입을 틀어막고 눈물을 흘렸습니다.
눈물을 참아 보려고 벽으로 돌아누울 때마다 귀에서 흙이 쏟아지곤
했습니다.

> 유령 말을 바라보는 전령
> 겁먹은 표정
> 마구간에 놀라는 말들
> 겁에 질려 달아나는 전령들
> 목 없는 말이 다가와
> 달래의 머리칼을 핥기 시작한다
> 눈을 뜨는 달래

달래 아. 아. 하지. 마.
가 가 간지. 러. 워.
아야. 아야.

       스님 달래에게 다가와
       코에서 나오는 숨을 손바닥에 받는다
       악공, 달래를 업은 채
       한 손으로 말의 등을 만져 주며

악공 말아, 가거라. 왜 돌아왔느냐. 말아, 저리 가거라.
자거라, 이제 그만 자거라.
네 몸으로 돌아가거라.
네 꿈속으로 돌아가거라.
이 아이는 네 등에 태울 수 없다.

       목 없는 말 오던 길로 되돌아 사라진다

스님 그 주문 어디서 배웠는가?
악공 바람을 달래는 부족들의 주문입니다.

       악공 달래를 업은 채 숲으로 사라진다
       스님 합장을 한다
       쨍한 해를 올려다 본 뒤
       손으로 눈을 가린다

스님 지독한 가뭄 때문에 나비가 햇볕 속에 떠서 졸다가… 물고 있던…

것을 그만 이승에 떨어뜨렸어. … 사슴은 콧등에 나비가 내려앉으면…
그걸 자기 연인이라고 착각하고, 숨을 멈추고… 까만 눈동자를
굴리며… 가만히 나비를 바라보지. 숨을 쉬면 날아가 버릴까 봐 숨을
멈추고 귀를 씰룩거리며 나비의 숨을 듣고 있는 거야… 이후… 사슴이
심장이 멈추도록 숲을 뛰어다니는 건 한 번 본 그 나비를 쫓고 있기
때문이야. 사람들은 사슴이 왜 저렇게 뛰는지 알지 못해. 사슴이
죽으면 나비가 날아와 가만히 입에 물고 날아가는 것도 보지 못하지…
인연이란 고약한 거야.

스님 땀을 닦고
헉헉거리며 퇴장한다

4장
숲 움막

노파가 다가와
악공이 내려놓은 달래의 머리칼을
가위로 자르고 있다
무심히 머리카락 뭉치를
항아리에 넣는다

노파 아가, 괜찮아, 괜찮아. 아무도 네 머리카락을 몰라볼 거야. 매일
  자르면 돼. 매일.

달래의 머리칼을
애처롭게 만져 주는 노파
눈을 뜨는 달래

달래 어 엄 마 마 왜 왜 나 나는 많아? ….
노파 응, 예쁘라고. 예쁘니까.
달래 졸려… 졸려….
노파 그래… 넌 자야 해… 자거라….

제사장 등장한다
달래를 눕히고 밖으로 나오는 노파

노파 여긴 어인 일이시오?
제사장 꼭 말해 줘야 할 일이 있어 왔네.

　　　　사이
　　　　　　·
　　　　　　·

제사장 오늘 밤 떠나게.
노파 떠나라니요?
제사장 더 깊은 곳으로 가서 살아야 해. 사람들이 그 아이의 긴
　　　머리칼을 알아보기 시작했어. 항아리 속에 머리칼을 숨겨도 금방 들통
　　　날 거야.
노파 사람은 사람 속에서 살아야 해. 저 아이는 남들보다 머리카락이
　　　빨리 자라는 것뿐이야. 남보다 길고 아름다운 머리칼을 가졌을
　　　뿐이야. 역병이 아니야.
제사장 사람들은 그런 소문을 두려워해. 저 아이는 태어난 후 한 번도
　　　잔 적이 없는 아이야. 잠들지 않으면 머리칼이 계속해서 자랄 거야.
　　　천기를 막으려면 자네가 멀리 데리고 떠나야 해…. (침묵) 죽어서도
　　　머리카락이 계속 자란다면, 그건 혼이… 아직 이승에서 졸고 있다는
　　　뜻이듯… 저 아이는 살아 있어도….

　　　　달래 눈을 뜬다

노파 저 아인 귀신이 아니야… 저 아인 괴물이 아니야. 내 품에 누워서
　　　젖을 물었어. 내 무릎에 누우면 잠들어. 남들과 똑같아. 꿈을 꾼다구.
제사장 이보게, 눈을 뜨고 꾸는 꿈은 악몽일 뿐이야.

달래의 귀를 막으며

노파 그런 말 말어. 내 아기야.
제사장 (노파의 입을 손으로 막으며) 그만. 그만.

사이
·
·

노파 당신이 데려가서 키우라고 했잖아. 내 젖을 먹였어. 아이에게
자장가를 불러 주면 제 명대로 살 수 있다고 한 사람은 당신이야!
제사장 이 아이는 비밀이 많아. 백성에게 대목수가 아이를 낳았다고
하기 위해 버려진 걸 데려온 거야. 하지만 예상치 못한 일이 생긴 거지.
아이가 자라면서 흉조가 되고 있으니까.

사이
·
·

제사장 이 아인 아무도 몰라야 하는 비밀의 소리를 듣고 있어. 대목수는
흉문을 두려워해. 이 아이가 아직 살아 있는 걸 알게 되면 대목수는
마을의 흉문을 없애고 제물로 삼으려 할 거야. 기우제를 올릴 때 쓸
제물로 이 아이를 찾고 있어. 그 사람은 한번 박은 못은 끝까지 깊이
박아 넣는 사람이지.

달래 나온다 고개를 돌리는 제사장

노파 넌 아무 일 없을 거야. 엄마가 지켜줄게, 엄마가.

    제사장 다가가 무언가를 확인하려는 듯
    달래의 머리카락을 만지려 한다
    노파 놀란 달래를 등에 돌려 세운다

노파 만지지 마! 이 아이의 머리카락은 나만 만질 수 있어.

    문틈으로 바람이 분다
    안으로 들어가는 달래와 노파
    밖으로 나오는 제사장
    하늘을 올려다보며

    제사장 바닥에 떨어진 머리칼을 주워
    항아리에 넣어 준다
    몇 시간이 지난다

5장
지평선이 보이는 언덕

악공 주위를 경계한다
먼 곳을 바라보고 서 있다
말 한 마리 먼지를 일으키며 다가온다
목에 매듭을 갖고 있다
주변을 살피며 매듭을 풀어 보는 악공
매듭에 적힌 글귀를 읽어 간다

악공 바람아, 가거라 돌아가거라.
　내 소리 속에 담긴 비밀은 아무도 몰라야 한다.
　내 연주가 들려오더라도
　바람아, 너는 어둠 속에서
　눈을 뜨지 말거라.

매듭을 품에 숨긴다
어두워진다

숲, 밤, 움막

가위를 들고 항아리에
자신의 머리칼을 잘라 담는 달래

악공이 옆에서 달래에게
가위를 받아 잘라 준다
항아리에 담는다
노래인 듯
웅얼거림인 듯한
음률들을 주고받으며
좋아한다
어디선가 나타난 노파
악공에게서 가위를 빼앗는다

노파 오늘 밤을 보내고 우린 떠나네.
악공 그게 무슨 소리죠?

노파 짐을 싸기 시작한다
숲을 뒤지던 병사들이 들이닥친다
항아리를 숨기는 악공

병사1 물을 좀 주시오.
병사2 무슨 냄새지?
병사1 고약한 냄새야.
노파 썩은 머리카락에서 흘러내리는 구정물뿐입니다.
병사1 (항아리들을 보며) 머리카락들이 가득 물에 잠겨 있는 이 통들은
뭔가?
악공 (미소 지으며) 머리카락을 잘라 가발을 만들어 팔고 삽니다.
병사2 가뭄엔 원래 가발장사가 성행한다더군.
병사1 목말라. 물 없어?

노파 이 숲을 쭉 걸어 나가면 시신들이 일어나 하루 한 번 고개를
처박고 물을 마시는 연못이 나옵니다.

병사1 재수 없는 소리. 그만해라. 우린 지쳤다. 목이 탄다.

악공 (병사가 들고 있는 주머니를 보며) 손에 든 그 주머니는 뭐요?

병사1 이 주머니엔 머리통이 담겨 있다. 성으로 가져가서 바쳐야 할
머리통.

병사2 머리통이 눈을 뜨지 못하도록 자루 속에 담아 오라 했다.

병사1 도성이 완성될 때까지 얼마나 많은 머리통을 담아야 할까?

악공 노역을 피해 달아난 자들의 머리군요.

병사1 허락 없이 밤에 눈을 뜨고 성벽에 귀를 대는 자를 잡아들이라
했다.

　　　　　노파 순간 그 소릴 듣고
　　　　　멈칫한다

노파 (악공을 가르키며) 저자를 잡아가시오. 저자는 타르타르 족 마적대의
첩자요!

　　　　　사이
　　　　　·
　　　　　·

　　　　　노파 봇짐을 들고
　　　　　달래의 손을 잡고
　　　　　밖으로 몰래 나간다

악공 어! 어?

악공을 끌고 퇴장하는 병사들

6장
성곽, 축성 현장

축성 공사 소리들
망치 소리
마른바람
못이 박히는 소리
마른바람
정이 돌을 깨는 소리
마른바람에
돌가루가 날리는
맞은편 하늘이 붉다
저녁까지
난간에서
등짐을 나르며
느릿느릿
일하는 목수들
모두들 졸음과 갈증이 가득 찬 표정이다
감독하는 병사들

끝에서 먼 지평선을 바라보는 대목수
끌려온 악공과 스님도
돌과 흙을 나르고 있다

늙은 인부 하나 등짐을 지다가
휘청거린다
난간 끝에 걸린
커다란 바위가 흔들린다

인부 목소리 피해!
　돌이 떠.
　떠.
　떨 어
　진다.

아래로 떨어지는 돌
먼지가 일어난다
아래를 내려다보는 인부들
아래의 인부 하나가 돌에 맞아
쓰러져 있다
무릎을 꿇고 하늘을 보며
예를 갖추는 스님

주변을 정리하는 병사들
다시 일을 하는 인부들

스님 매일 쌀처럼 사람이 죽어서 쌓여 가고 있어. 구더기들도 시신의
　입과 눈에는 알을 낳지도 않아.
악공 달래가 무사해야 할 텐데….
스님 그 아이 숨소리를 들어 보았는가?

악공 제 등에 업힐 때 들었어요. 아주 가벼웠어요. 등에 한 마리 새를
　　업은 기분이었어요.

　　　　병사 둘의 등을 떠민다

스님 그 아인 대목수가 노릴 거야. 제물로 잡힐 거야. 자네가 그 아이
　　옆에 있으면 둘 다 위험해.
악공 왜죠?
스님 비가 오지 않는 액운을 막으려고 그 아이를 가마에 넣어 태우려 할
　　걸세.
악공 말도 안 돼요. 어떻게 그 어린것에게 그런 짓을….
스님 인간들은 이 세상의 잔혹함을 숨기기 위해 필사적으로 노력해
　　왔지. 사람은 누구나 자기 운명을 가지고 있는 법이네.
악공 제 등에 업힌 고운 아이일 뿐이에요. 등에 업고 다니다 보니 정이
　　들었어요.
스님 허허, 그래. 숨 냄새에도 정이 드는 게 인간이지.

　　　　악공 아래를 헛딛어 내려다본다

스님 위험해!
악공 현기증이 나요.
스님 아래를 보지 마. 아찔한 것 투성이니.

　　　　악공 흔들린다
　　　　어지러워 주저앉는 악공

스님 눈을 감고 좀 쉬게. 구름 속에 있다고 생각해. 나는⋯ 금방 여기를
지나갈 구름이야⋯ 라고⋯ 생각해. 비가 언제쯤 오려나⋯.

　　　　악공 다시 일어서서 균형을 잡는다

　　　　사이
　　　　　·
　　　　　·

병사 거기 둘. 이리 와!

　　　　병사들 악공과 스님을 끌고 온다
　　　　병사들 길을 터 준다
　　　　대목수 직접 검은 가마를 제작하고 있다
　　　　아래를 내려다보며

대목수 시체를 치워라!
병사 하오나 아직 숨을 쉬고 있는데⋯.
대목수 곧 숨이 멈춘다. 바닥에 있는 그자의 피와 그자의 숨소리를 닦아
내고 다시 시작하거라.
병사 네, 대목수 님.

　　　　병사, 대목수에게 물통을 가져다준다
　　　　대목수 악공을 바라보며 물을 벌컥벌컥 마신다
　　　　물을 바닥에 줄줄 흘리며

대목수 넌 어디서 왔느냐?

스님 이 아인 죄가 없습니다. 자비를 베풀어 성 밖으로 내보내 주시오.

대목수 중은 가만히 있거라. 불승은 도성 안에 들어오면 안 된다는 법을
    모르더냐? 악공은 살고 싶으면 니가 누구인지 밝혀라.

악공 (떨리는 목소리로) 밥을 주고 잠자리를 주니까…. 시키는 대로
    병사가 병기를 들면 나팔을 불었고 시키는 대로 병사가 죽어서
    돌아오면 피리를 불었습니다. 바람을 따라 말을 타고 나팔을 불며
    전쟁터를 떠돌았습니다. 병사들에게 죽은 자들의 이름을 기억하지
    못하도록 연주를 해 주었습니다.

대목수 마적대를 도왔다면 넌 처형감이다. 왜 도성으로 들어왔는가?

악공 (당황하며) 그러니까 저는…. (떨고 있다)

대목수 도망 온 거군! 비겁하게! 겁쟁이처럼. 자신의 연주 소리가 더는
    들리지 않은 곳으로 말이야.

악공 네… 말을 타고 도망했어요. 활이 등에 박혀, 죽은 채 말을 타고
    달리는 꿈을 꾸듯 지쳐서 도망했습니다.

        병사가 망원경을 가져다준다
        천문사관 등장 대목수 귀를 빌린다

천문사관 쑥덕쑥덕.

        고개를 끄덕이는 대목수

대목수 숲에 불을 질러서라도 붙잡아 오거라.

천문사관 숲에 불을 질러서라도.

대목수 성벽에 귀를 대는 자는 귀를 베어 개들에게 던져 줄 것이다.

천문사관 미소 지으며 물러간다
대목수 망원경으로 지평선을 보며
물통을 악공에게 준다
물을 벌컥벌컥 마시는 악공

대목수 연주를 잘할 줄 아느냐?
악공 절 닮은 악기들은 모두 늙고 병들어 버렸습니다.
스님 나무관세음보살.
대목수 도성이 곧 완성된다. 비가 오도록 제를 올릴 것이다. 너는
　전쟁터에서 피의 연주를 많이 해 보았겠지? 네 연주엔 피 냄새가 날
　거다…. (뭔가 생각하며) 이제는… 네 음악이 죽은 자들의 피 냄새를
　떠나보낼 수 있도록 할 수 있겠느냐?
악공 전 이제 연주를 하지 않습니다.
대목수 네 연주를 듣고 싶구나. 피의 숨소리를 떠나보내는 연주를
　하거라. 여봐라! 이자에게 빼앗은 악기를 돌려주고, 이자의 손가락이
　살아 움직이는지 지켜보거라. 저 스님은 이놈의 연주가 끝나면
　처형한다.
스님 빌어먹을. 나무관세음….

병사들 바위를 스님의 머리에 올려 준다
망원경을 병사에게 주는 대목수
두 손으로 바위를 들고 힘들어하는 스님
대목수 돌아서려다가

대목수 악공, 넌 내가 누구인지 아는가?
악공 악사는 (목소리가 떨린다) 아무것에도… 무게를 갖지 않기 위해…

연주를 하며 모든 걸… 잊습니다.

대목수 허허. 잊는다? 내가 누구인지 몰라도 상관없다. 난 흙을 쌓는
사람이다. 하지만 넌 이제 나를 기억해야 할 것이다. 네 연주를
마지막으로 기억하고 있는 사람은 나일 테니. 명심하거라.

끌려 나가는 악공과 스님

병사 목소리 휴식!

대목수 막사로 들어온다

기묘하게 생긴 실험기구들 놓여 있다
특이하게 생긴 저울 위에 놓인 짐승의 피를
흙이 담긴 유리병 속으로 조심히 옮긴다
흔들어 섞는다
저울의 접시 위에 붓는다
눈금을 재 보고
다시 흙을 조금 더 넣어 보고
흔들어 보고
무언가에 열중하는 듯하다
만족하는 듯하다
같은 방식으로
차를 달이기 시작한다

성곽의 인부들 일을 내려놓는다
모두 졸린 듯

성벽에 기대어
꾸벅꾸벅 존다
마른바람 소리
악공 등짐을 내려놓고
스님을 도우려한다

제사장 등장한다
뒤따라서 천문사관 등장한다
스님 머리에 바위를 들고 그대로 서 있다

제사장 당신은 바위를 든 채 쉬어야 한다.

스님 난 늘 머리 위에 바위를 올리고 있네. 바위를 들고 졸고 있는 듯
이 세상을 건너고 있지. 허허.

제사장 물통의 물을 스님의 입에 흘려준다

제사장 왜 돌아왔는가? 속세를 버리지 않았는가?

스님 자네야말로 속세를 버리기 위해 옷을 바꾸어 입지 않았는가?

제사장 난 운명을 바꾸었네.

천문사관 웃기는 소리하고 자빠졌구나. 난 니놈들을 똑똑히 기억한다.
한 놈은 백정, 한 놈은 걸뱅이였지. 세상이 변해도 니놈들의 천성은
그대로야. 내 눈을 속일 순 없어.

스님 친구여, 자넨 예전에 내게 목을 치고 남은 짐승들의 옆구리살을
던져 준 사람 아닌가?

제사장 내가 도살 후 남은 고깃살을 던져 준 자들은 인간보다 못했으니.

스님 (웃으며) 자네와 내가 그랬지. (천문사관을 보며) 그런데 이 어색하게

생긴 친구는 누군가?

제사장 신경 쓰지 말게. 삶이 섭섭하게 굴면 자기 그림자에게 제사를
올리는 친구네. 가끔 사람들의 발바닥에 액운을 막는 해산물을 그려
주고 용돈벌이를 하는 가난뱅이 벼슬아치네.

천문사관 모욕하지 마라. 난 왕의 명을 받아 하늘과 땅을 읽는 제관이다.

스님 돌팔이군. 어이, 어색하게 생긴 친구. 내가 들고 있는 이 바위에도
예쁜 그림 하나 그려 줘.

천문사관 (스님의 멱살을 잡으며) 이 땡중이 날 모욕하는구나. 입조심해라.
말이 네 얼굴을 밟고 지나가게 할 것이다.

　　　　스님 천문사관에게 바위를 던지려한다

스님 콱!

　　　　겁먹는 천문사관

천문사관 천한 놈들. 개 버릇 남 못 준다더니….

　　　　씩씩거리며 물러나는 천문사관
　　　　웃는 스님
　　　　웃는 제사장
　　　　웃는 악공

스님 (제사장에게) 천하에 어색한 놈 같으니라고. 나무빌어먹을관세음.

　　　　제사장 미소를 지으며 바위를 내려준다

제사장 자네가 아는 나는 잊어 주게. 산 짐승의 눈알을 파먹고, 난 내 피
　　속으로 모두 흩어졌네. 이곳은 배가 고파도, 외로워도, 침을 흘리는
　　자들의 세계야. 매일 여기로 날아온 새들은 입안에 모래를 머금고
　　날아가네. 끔찍하고 무서운 일이 생길지도 몰라. 이제 나는 눈만
　　감으면 새가 하늘에서 떨어지는 게 보여.
스님 (어깨를 주무르며 힘든 표정) 어디로 말인가?
제사장 어디긴….

　　　　　　사이
　　　　　　　·
　　　　　　　·

스님 (진지하게 다가가며) 막아야 해.
제사장 그럴 수 없어. 대목수의 못은 깊이 박혔어. 빼내기 힘들 정도까지.
스님 벽은 언젠가 무너지게 돼 있어. 벽을 무너지게 하는 건 망치나 정이
　　아니야. 햇볕들이지. 벽 틈으로 스며들어간 빛들을 인간이 막을 순
　　없네.

　　　　　　제사장 미소 짓는다

제사장 여길 떠나게. 눈을 감고.
　　그냥 지나가게.

　　　　　　스님 제사장의 어깨에 손을 얹고

스님 자넨 눈을 감고 살고 있을 뿐이야.

제사장 스님의 어깨에 손을 얹고

제사장 난 새로운 눈을 가졌을 뿐이야!

사이
.

.

제사장 퇴장하려 한다

스님 이보게….

제사장 등을 돌리지 않은 채 멈춘다

스님 옷을 바꾸어 입었지만 하나도 변한 게 없군.
제사장 자네나 내가 막을 수 없는 천기의 일이야. 그 아이를 잠을 자지
　않는 괴물이라고 부르고 있어.
스님 (혼자 나지막이) (침묵) 나에게 그랬던 것처럼 그 아이를 외면하지
　말게. 그 아이는 땅에 끌리는 머리카락만으로도 이 삶이 무거운
　아이야.
제사장 사람들은 그 아이가 땅에 남긴 머리칼을 흉조라며 두려워해.
스님 잠을 잘 수 없는 불쌍한 아이일 뿐이야. 눈을 감고 자신의 머리칼을
　따라 날아가고 있을 뿐이야.
제사장 머리카락은 자신이 어디로 날아갈지 운명을 알 수 없지. 내가
　읽을 수 없는 괘야. 함부로 행동하지 말게.

물통을 바닥에 버리고 퇴장하는 제사장

스님 빌어먹을 나무아미타불.
악공 아는 사이인가요?
스님 오랜 친구였지, 꽃과 벌처럼.
악공 방금 한 말들은 무슨 뜻인가요?

　　　　침묵

스님 대목수가 시키는 대로 해.
악공 저도 달래와 벌을 키워 꿀을 기르며 살 거예요.
스님 연주를 해 주게.
악공 제겐 더는 쓸모없는 소리들입니다. 다 저를 떠났어요.
스님 음악이 쓸모없는 세상은 없어. 사람들이 좋은 소리에도 귀를 닫는
　　거지.
악공 그만하세요. 그만. 전쟁터에서 저는 음악이 아무 소용이 없다는
　　것을 수도 없이 보았어요. 제 연주는 저와 점점 멀어져 갔습니다.
스님 전쟁은 모두를 죄인으로 만들지.
악공 전 이제 악공이 아닙니다. 도망왔어요. 소리들을 제가 모르는
　　곳으로 모두 떠나보내고 나니 후련합니다.
스님 허허. 자신이 모르는 곳으로 떠나보내는 것이 연주가 아니던가?

　　　　사이
　　　　.
　　　　.

스님 자넨 머리가 좋군. 자신을 잘 속이는 걸 보면.

악공 그만 그만.

스님 허허. 자기 눈으로 들어온 속눈썹 하나에도 쩔쩔매는 표정이야.

　　　　악공 스님을 노려본다
　　　　눈을 푼다

악공 예전엔 눈을 감으면 소리들이 내게로 모였지만 이젠 눈을 감으면
　　캄캄한 어둠만이 보일 뿐입니다, 더는 연주하지 않을 생각입니다.
　　설사 하늘의 신이 시킨다고 하더라도.

　　　　사이
　　　　·
　　　　·

　　　　악공 괴로운 표정

악공 죽은 병사들을 쌓아 놓고 아무렇지 않게 눈을 감고 연주를 했어요.
　　연주가 끝나면 고기를 먹고 이불을 펴고 잠들었어요. 그리고 다음날
　　다시 길을 떠났습니다.

스님 도망 온 게 맞는가? 그럴 용기도 없어 보이는데….

악공 도망가게 내버려 두었죠. 어차피 금방 붙잡힐 걸 아니까….

스님 누구나 설명하기 곤란한 비밀을 하나씩 품고 있네….

악공 (고개를 흔들며) 전 좋은 악사가 될 수 없습니다. 재주도 없고
　　현기증만 돌아나는 빌어먹은 몸.

사이

.

.

목이 타는 둘
졸음이 오는 악공

인부 목소리 떠
  떠
  떨
  어
  진
  다.

등짐을 메고
난간에서 아래를 보며
다리를 떨고 있는 소년 인부
흔들린다
추락하기 직전
스님이 바위를 바닥으로 떨어뜨리고
다가가 소년을 품에 안는다
쿵
굴러 떨어지는 바위

스님 졸지 마. 졸면 안 돼. 백야에 썩은 물을 마시면 벼랑 끝에서도
  졸음이 온단다.

머리를 흔들어 정신을 차리는 악공
스님의 품에서
입에 거품을 문 채
쓰러져 있는 어린 소년
마르고 쇠약해 보인다
덜덜 떨고 있다

스님 괜찮다. 그래, 그래 그냥 눈을 감고 있거라.

소년 숨을 고르기 시작한다

스님 눈을 뜨지 말거라.

자장 자장… 우리 아가
잘도 잔다 우리 아가
눈을 감고 달로 가라

진정되며
조용히 잠드는
어린 소년
스님 조심히 소년을 바닥에 앉힌다
스님 다시 바위를 들어 올린다

악공 성곽 아래로
자신의 악기를 허리춤에서 꺼내
떨어뜨린다

스님 자네가 떠나보낸 소리들도 바람과 구름이 돌아오듯이 자네가 여기
　서 있는 인연처럼 오게 될 거야.
악공 그럴 일은 일어나지 않아요. 한번 머리를 떠난 머리카락이 다시
　돌아올 일이 없듯이.
스님 악사란 좋은 소리를 들을 줄도 알아야 하지만 때론 세상의
　울음소리를 볼 줄도 알아야 하네. 지금 이 세상을 보게. 매일
　사람들의 눈을 드나드는 저 슬픈 가락이 자넨 보이지 않는가? 졸음과
　갈증으로만 가득 찬 세상이야.
악공 귀를 막고, 눈을 감고, 입을 틀어막고 지나갈 거야.

　　　　스님 신발을 벗어 모래를 털어 낸다

스님 눈을 뜬 채 잠들지 못하는 어린 새끼.
악공 이방인은 성안에서는 살 수 없다는 거군요.

　　　　악공 돌저귀를 들어
　　　　자신의 머리카락을
　　　　한 뭉치 자른다
　　　　스님의 주머니에 넣어 주며

악공 젠장. 여기서 나가면 이걸 고향에 좀 보내주세요.
스님 고향이 어딘가?
악공 제 고향은….
병사 목소리 휴식 끝!

　　　　모두 일어난다

91

눈을 뜨는 인부들
다시 졸음에 가득 찬 듯 걷는다
느릿느릿 움직인다
스님 반대편으로 퇴장한다
퇴장하는 인부들
혼자 남은 악공

악공 스님, 제 숨소리엔 무엇이 남아 있죠?

스님 안 보인다
악공 고개를 흔들며

악공 빌어먹을. 모두 보냈어. 다 떠났어.

바람이 분다
악공 돌저귀로 머리카락을 계속 찧는다
악공과 그 뒤로 뻗어 있는
숲을 번갈아 바라보는 대목수
죽은 자를 옮기는 인부들을 바라본다

7장
도성 안. 광장

광장에 웅성거리는 마을 사람들
남자와 여자 모두 젖을 물리고 있다
기묘한 표정으로 젖을 물리며 몸을 흔들다가
아이들을 등에 업은 채 재우기 시작한다

사람들 (코러스)
　그 아이는 누구지?
　그 아이는 그 아이야
　그 아이라니?
　십여 년 전… 그 아이
　우리가 숲에 내다버린…
　그 아이는 죽었어.
　그 아이는 지금 우리 눈앞에 있어
　그 아이는 숲에서 살아야 해…
　그 아이는 숲에서 죽었어야 해….
　우리가 숲에 버린 그 아이.
　우리가 젖을 먹이다가 포기한 그 아이.
　모두에게 고통을 줄 거야.
　모두에게 악몽으로 남았어.
　머리카락이 계속 자란대.

죽어서도?
죽어서도 머리카락이 계속 자랄 거래.
어떻게 해야 하지?
숲으로 보내야 해. 돌려보내야 해.
그 아인 괴물이야. 흉조를 부르는.
괴물.
성문 밖으로.
성문 바깥으로.

    같은 시각, 광장

    웃고 있는 탈을 쓴 광대 혼자
    우물 옆에서 아이의 옷을 들고
    우물 속에 넣었다가 빼냈다가
    슬픈 춤을 추고 있다

8장

성곽. 막사

대목수 망원경을 들고
멀리 변방의 지평선을 바라보는 듯하다
귀에 대고 숙덕숙덕하는 천문사관
귀가 간지러운 듯 그만하라는 대목수의 몸짓
하인이 들어와 발을 씻는 그릇을 가져온다
두고 간다
제사장 들어오고 천문사관 나간다
무릎을 꿇은 채
제사장의 발에서 신발을 벗기고
버선(여인의 버선)을 벗기고
발을 씻긴다
뜨거운 물에 김이 오른다
발이 녹아 내려가듯이
물에 잠겼다가
올라온다

제사장 하루 종일 흙을 밟으셔서 발이 부었습니다. 따뜻한 물에 발을
담그고 있으면 졸음이 옵니다. 오늘 밤은 편히 주무실 수 있을 겁니다.
대목수 불면이란 내가 살아 있는 방식이다. … 아우가 돌아왔다. 그
소리들을, 그의 연주를 어서 듣고 싶구나….

제사장 그를 용서하셨습니까?

대목수 아니다! 그는 자신을 위해 떠났다. 그의 연주가 도성의 완성을
위해 필요할 뿐이다!

제사장 오래 그를 기다리셨습니다.

대목수 내 안은 오직 정과 망치로 이루어진 소리들뿐이다. 자네는 흙을
주워 먹으며 어둠 속에서 울던 한 아이를 잊었는가? 흙 앞에서 진실로
고통스럽지 않으면 그 아이는 살아갈 수 없었다. 눈물이 나올 때마다
흙들을 목구멍에 조금씩 쑤셔 넣어 가며 울음이 넘어오지 못하도록,
흙을 입안에 밀어 넣었다. 그도 이제 외로움이 무엇인지 알아야 한다.

제사장 어미의 정을 모르는 그는 어디에도 정을 붙이지 못했습니다.

대목수 듣고 싶지 않아!

> 대목수의 발을 씻겨 주고
> 물에 담근다
> 바람이 불어온다

제사장 성벽이 조금씩 흔들립니다. 마을의 우물이 다 말랐습니다.

대목수 성벽은 바람이 불어도 끄떡없다. 비가 오면 우물은 다시
채워진다.

제사장 아이들은 흙이 될 수 없습니다.

대목수 저 안에서 좋은 흙이 될 거야.

제사장 바람이 불 때마다 성벽 안에 갇힌 아이들의 머리칼이 자랍니다.

대목수 바람이 불 때마다?

제사장 바람이 불 때마다.

대목수 저 성벽의 비밀을 아는 자는 아무도 없다

제사장 (눈감으며) 저와 대목수 님이 눈을 감으면 보이는 비밀입니다.

눈을 뜨고 있는 슬픈 비밀입니다.

대목수 (눈감으며) 눈을 감겨 저 성벽 안에 넣은 내 슬픔의 비밀.

제사장 썩지 못한 채 눈을 뜨고 있는 슬픈 머리통들.

사이
.
.

대목수 (눈 뜨며) 죽은 저 아이들은 내 흙들과 함께 아주 크게 자랄
 것이다. 좋은 흙이 돼 줄 거야. 너는 짐승의 피와 뼈를 구워 다시 점을
 치라. 가뭄이 이 마른 땅에서 눈을 뜨고 하늘로 다시 날아가도록, 비가
 오게 하거라.

물속에서 발을 꺼내 올리며
제사장에게 기우제문을 준다
수건으로 발을 닦아 주는 제사장

대목수 (다시 진정된 표정으로) 아, 발이 따뜻하구나…. 백야가 끝이
 있느냐?

제사장 다른 곳으로 흘러가야 하는데 하늘에 고여 멈추어 있습니다.
 하얀 혀를 내놓고 하늘은 밤을 지새고 있습니다.

대목수 하얀 혀를 내놓고… 천문사관이 말하거늘, 그 계집아이가 살아
 있다던데….

제사장 (움찔하며) 그런 것 같습니다.

대목수 머리카락이 끝도 없이 자란다고 들었다. 잠을 못 잔다지?
 흥조대로 그 아이는 살아 있는 혼귀인가?

대목수 제사장의 주춤거리는 모습을 보고
그릇을 발로 차 버린다

대목수 날 속이고 있군.

제사장 얼어붙는다

대목수 왜 흉조가 살아 있는 걸 내게 숨겼는가? 민심도 가뜩이나
사나운데….
제사장 숲이 숨기고 있습니다.
대목수 여봐라! 밖에 있느냐!
병사 네. 대목수 님, 듣고 있습니다.
대목수 지금 당장 숲으로 뛰어가라. 바위들을 찾아 불을 피우거라. 밤이
되면 그 아이는 바위에 비친 자신의 검은 얼굴을 보러 올 것이다.
바람이 불어오는 반대쪽으로 그 아이의 목을 베거라. 눈을 감을 수
있도록.
병사 알겠습니다.

무릎을 꿇는 제사장

제사장 대목수 님. 멈추어야 합니다.
대목수 날 막을 생각인가?
제사장 기우제가 하늘 속에 닿지 않은 지 오래입니다. 더 이상 희생은
의미가 없습니다.
대목수 알고 있다.
제사장 두렵지 않으십니까?

대목수 (두 발을 허공에 올리고 굴리며) 두렵지 않다.

제사장 저는 두렵습니다.

대목수 (낄낄거리기 시작하며) 운명은 가여운 것이어서 자네가 돌보고
  있지 않은가.

        사이
          .
          .

제사장 그 아이의 눈은 당신을 닮았습니다.

대목수 (미소 지으며) 그 아이의 눈이 날 닮았다면 눈 안에 하얀 달이
  들어 있겠군….

제사장 죽이면 큰 화가 생깁니다.

대목수 눈에 백야를 가진 아이라…. 정말인가? 그 아이를 잡아 와. 보고
  싶군.

        사이
          .
          .

대목수 네 예언이 틀릴 경우 널 다시 백정으로 돌려보낼 테니 각오를
  해야 할 터.

        대목수 일어나 손가락을 입에 물고
        마치 아이처럼 맨발로 서성인다

제사장 퇴장

대목수 눈 속에 하얀 달이 들어 있다. 나처럼 살아선 잠을 못 잔다는
　운명이군. 허허.

　　　　장수 등장

장수 조정에서 축성 보고를 올리라 하옵니다.
대목수 마지막 빠진 어금니를 맞추고 있다고 해.
　(침묵) 어금니가 빠지면 앞니들은 다 무너지는 법이지.
장수 하오나 성벽의 돌들이 맞물리지 않고 바람이 불면 흔들흔들
　하옵니다. 인부들 이빨이 자면서 꽃잎처럼 후두둑 떨어지고 있습니다.
대목수 풍치는 입을 꼭 다물고 버티는 거야. 젠장! 기우제까진 적당히
　둘러대!

　　　　장수 퇴장한다

　　　대목수, 특이하게 생긴 저울 위에
　　　흙을 옮긴다
　　　이쪽에서 저쪽으로
　　　저쪽에서 이쪽으로
　　　출렁이는 흙더미

　　　사이
　　　·
　　　·

맨발로
뚜벅 뚜벅
자신이 만든 가마 속으로 들어가는 대목수
베개를 아이처럼 안고
좌우로 흔들어 본다

축성이 흔들리며
먼지가 날리고
다시 조금씩
쌓여 가는 소리

9장
인형극

어린 목수인형
초가집에서 울고 있다
무언가를 열심히 만들고 있다
장롱을 세운다
장롱 안에 엄마인형을 넣는다
엄마인형의 목이 꺾인다
목수인형 다시 엄마인형 목을 든다
다시 떨어진다
머리를 안아 들고 운다
어린 목수인형 엄마인형에게
이불을 덮어 준다
자신도 장롱 안으로 들어가
엄마를 꼭 안고 있다

사람들이 엄마인형을 장롱에서 꺼낸다
안 뺏기려고 우는 어린 목수인형
혼자 장롱에 들어가 있는 어린 목수인형

혼자서 악기를 만든다
엄마가 그리워 장롱 안으로 들어간다

어린 악공인형이
악기를 연주한다
목수인형 엄마 생각이 나서
눈물이 난다
목수인형, 악공인형의 악기를 뺏어 집어던진다
악공인형이 운다

대목수, 그런 과거를 보고 있다

멀리서 들려오는
축성 공사 소리들
성곽에서
돌이 하나 굴러
떨어진다
인간의 머리통처럼
성문으로 굴러가는 머리통
멈춘다
성문이 닫힌다
닫힌 성문을 우두커니 바라보며
물그릇을 들고 있는 대목수

대목수 거의 다 쌓았어. 이 사대문 안에서 이제 아이들의 서러운
　　　울음소리는 사라질 거야. 아이들은 역병이 찾아와도 눈물을 흘리지
　　　않을 것이고, 목이 말라 맨발로 숲을 걸어 다니는 일도 없을 거야.
　　　배가 고파 서러워도 아이들은 저 벽 안에선 따뜻할 거야.
　　　자거라, 피들이여. 운명이여, 자거라. 이 물 속에 떠다니는 눈동자

속으로 들어가 편히 자거라. 운명이여, 네가 잠들면 네 가슴에선 수천
마리 새가 날아오른다.

> 우물에 자신의 발을 씻은
> 물을 버리는 대목수
> 성곽 (성의 가장 높은 곳인 망루)

> 제사장 반대편 성곽 망루

제사장 북극광이 반짝인다. 흑점이 캄캄하다. 누구의 울음인가, 누구의
잠 속인가. 노래 속에서 피가 흘러나온다. 노래가 피를 흘리면 사람이
된다.

병사 동생 저 소리 들려?
병사 형 듣지 마.
병사 동생 성벽 속에서….
병사 형 네가 들으면 내가 눈물이 나.
병사 동생 아이들 소리 같아.
병사 형 울면 모두가 아이가 돼.
병사 동생 귀머거리도 울어.
병사 형 말더듬이도 울어.
병사 동생 눈이 멀어도 울어.
병사 형 혀가 없어도 울어.
병사 동생 땅이 말랐어.
병사 형 우리 입술도.
병사 동생 형, 여기서 나가야 해.

병사 형 우린 여기서 나가면 안 돼. 공을 세워야지.

병사 동생 아무도 우릴 몰라보면?

병사 형 그런 말 말어. 눈물이 나.

병사 동생 나도 죽으면 벽으로 들어가?

병사 형 그런 일 없어. 넌 내가 안고 있을 거야.

병사 동생 아무에게도 날 빼앗기지 마.

병사 형 안 뺏겨.

병사 동생 벽 안은 따뜻할까?

병사 형 춥대. 많이. 우리 뱃속처럼 춥고 캄캄하대.

병사 동생 누가 그래?

병사 형 어제 몰래 내려가서 벽에 귀를 대어 보았으니까.

병사 동생 흙 속으로 돌아가려는 가마가 흔들린대.

병사 형 들었어?

병사 동생 어제 몰래 내려가서 벽에 귀를 대어 보았으니까.

        사이
          .

          .

병사 동생 형, 졸려.

병사 형 자면 안 돼.

병사 동생 아이가 울고 있어.

병사 형 어디서?

병사 동생 우물.

병사 형 귀를 막아. 듣지 마.

두 병사 귀를 막고 웅크리고 있다
바람이 분다

성곽 난간에 앉은
'땅속을 나는 새'
입을 벌리고
모래를 흘린다

3막

돈의문 敦義門

기우제

1장
우물

도성 안, 마른 우물 속 (성의 가장 낮은 곳인 우물)

우물에 빠진 아이를 구하기 위해
자신도 좁은 우물 안으로 들어간 어미
좁은 구멍에 몸이 끼었다
거꾸로 매달려 있는 어미
우물 밖으로 어미의 다리만 보인다
우물 안 어둠 속에서
나누고 있는 어미와 아이의 대화
울렁인다
캄캄한 물결처럼
달에 흐르는 물처럼
철렁 철렁
목소리가 울린다
몇 시간이 흐른다

지붕 위에 앉아
탈을 쓴 사람 하나
지켜보고 있다

아이 엄마.
엄마 응, 그래 엄마야.
아이 엄마. 엄마.

사이
.
.

아이 무서워, 엄마.
엄마 아가야, 괜찮아.
아이 괜찮아, 괜찮아.
엄마 그래, 그래.
아이 엄마, 캄캄해.
엄마 손을 뻗어.

아기 손을 뻗는다
숨이 가쁜 아기

아이 숨이 막혀.
엄마 손 꼭 잡아.
아이 응. 손 꼭 잡아. 엄마 자꾸 울음이 나와. 엄마 자꾸 졸음이 와.
엄마 아가야 졸면 안 돼. 자면 안 돼. 사람들이 우릴 발견하고 꺼내줄
    거야. 손 놓지 마.
아이 내 손 놓지 마.
엄마 그래, 그래. 네 손 놓지 않아.
아이 엄마. 엄마.

엄마 응.

아이 엄마, 여기 있지?

엄마 여기 있어.

       숨이 가쁜 엄마

       숨이 가쁜 아이

엄마 아가야, 무서웠지?

아이 응, 엄마. 엄마가 안 올까 봐.

엄마 아가야, 엄만 네 숨소리를 어디서도 들을 수 있어. 엄마니까. 네가
   어디로 가도 엄만 네 울음소리를 듣고 찾아 와.

       사이

        .

        .

아이 엄마? 엄마?

엄마 그… 그래, 아가.

아이 엄마, 왜 울어? 엄마 눈물이 내 눈에 떨어져.

엄마 아가야… 아가.

       아이와 엄마 숨이 가쁘다

아이 엄마 말하지 마. 내가 손을 꼭 잡고 있을게. 엄마 더 이상 밑으로
   내려오지 마.

엄마 어. 엄만… 나. 나갈. 때까지. 네. 네. 손을… 노. 놓지. 않아.

엄마 숨이 가쁘다

아이 엄마, 내가 엄마를 여기서 밀어서 밖으로 보내 볼게.
엄마 하지 마, 하지 마.
아이 사람들이 우릴 못 보면 어떡해?
엄마 나쁜 생각은 하지 마. 엄마 생각만 해. 엄마가 옆에 있다는 생각만.
아이 응, 엄마.

    사이

     ·

     ·

아이 졸려.
엄마 자장 자장… 우리 아가
  자장… 자장… 우리 (사이) 아가…
  눈을 감고 (사이) 달로 (사이) 가라
  충신동이 효자동이 (사이)
  우리… 아가 (사이) 우지 마라

    거의 들릴 듯 말 듯
    숨이 제 숨 속으로 사라지듯
    달이 물을 먹어 울렁이듯
    입에 달을 넣고 울먹이듯이

엄마 자장… 자장 바람님아 (사이)
  숨을 돌려 곤히 자는

우리 아기 물고 가소
우리 아가 눈감으면
내 눈동자 감겨 주오
자장… 자장 바람님아 (사이)
숨을 돌려 곤히 자는
우리 아기 물고 가소
우리 아가 눈감으면
내 눈동자 감겨 주오

아이 엄마? 엄마?

엄마 ….

       가쁜 숨소리
       점점 희미해지는 숨소리
       우물을 가만히 적시는 엄마의 숨소리

아이 엄마… 엄마. 엄마! 엄마….

       아이의 울음소리
       점점 흐느끼는 소리로 바뀐다

아이 자지 마, 엄마. 자지 마, 엄마.

       아이 숨이 가쁘다
       딸꾹질
       딸꾹질
       점점 작아지는 아이의 숨소리

거의 들릴 듯 말 듯
숨이 제 숨 속으로 사라지듯
달이 물을 먹어 올렁이듯
입에 달을 넣고 울먹이듯이

아이 엄마… 고마워. 엄마가… 와 줄줄 알았어요….

뚝 뚝
아이의 눈물방울이
우물 바닥에
떨어지는 소리
엄마의 눈에서 눈물방울이
아이의 얼굴로 떨어지는 소리
똑
똑
아이의 숨이 가만히 멈춘다
가만히 일렁이는 물결
우물 속에
흩어지는 숨결

성안.

아이에게 젖동냥을 하며
젖을 물리는 사람들
갑자기 픽픽 쓰러진다

마을 사람들

사람1 역병이 멈추질 않아.
사람2 목이 타서 졸면서 죽을 거야.
사람3 모두 죽어서 이 성을 나갈 거야.
사람4 아무 소리도 하지 마. 그런 소리 하지 마.
사람2 두려워. 비참한 일들만 생긴다.
　눈물이 나는 일들만 생긴다.
　죽은 인간의 젖을 동물이 빤대.
　젖이 없어 인간들이 짐승 젖을 빤대.
사람3 우린 여길 떠나야 해.
사람2 이렇게 지낼 순 없어. 성을 벗어나 다른 삶을 꾸려야 해.
사람4 도성을 떠나야 살아. 백야는 끝나지 않을 거야.
사람2 도성을 떠날 순 없어.
사람1 여기서 태어났고
　여기서 살았으니까
　여기서 죽어야 해.
사람3 입을 다물고 슬픔을 감추자.
사람2 슬픔을 감추고 입을 벌리고 있자.

　　　멀리서 들려오는
　　　축성 공사 소리들
　　　망치 소리
　　　마른바람
　　　못이 박히는 소리
　　　마른바람

정이 돌을 깨는 소리
마른바람에
돌가루
흘러내리는
성곽의 모래

목이 말라
지붕 위에서 목수질을 하다가
바닥으로 툭
떨어지는 인부

목이 말라
성곽 위에서 삽질을 하다가
바닥으로 툭
떨어지는 인부

목이 말라
부적을 파는 맹인 무당들
부적을 사기도 하고
손사래를 치기도 하는 사람들
집으로 돌아간다

기와들이 비쩍 말랐다
목이 말라
생쥐들이 새끼를 입에 물고
하수구를 옮긴다

문을 닫는 방문들
불을 끄는 사람들
치매 걸린 노모를 업고
성안을 떠나려는 아비
안 가려는 노모
짐을 싸서 달아나려는 노비 가족들
사대문을 몰래 빠져나가려는
사람들과 가축들
몽유병에 걸린 듯

목이 말라
지붕 위에 올라가
호미질, 괭이질을 하는 농부
술에 취해 웃으며
거리로 나와 칼로
자신의 손목을 베는 인부
웃는다

뭔가에 홀린 듯
자신의 머리칼을 자르는 여인
웃는다

쇠고랑을 찬 채
목이 말라
성문 밖으로 달아나는 죄수들
성문이 닫히고

겁먹은 사람들
모두 퇴장한다

숲.

말의 실루엣

바람이 심하게 분다
실루엣은 칼날이 휜 무섭게 생긴 반달의 칼로
스님의 목을 겨누고 있다
무릎을 꿇고 있는 스님

스님 바람의 계곡이시여. 그 어린것의 젖 냄새에 가까이 갈 수
　없습니다. 아무도 자신을 사랑할 수 없도록 그 아이는 스스로 숨을
　멈추고 있습니다. 그 어린 젖에서 나는 냄새를 잊어 주소서. 바람의
　계곡이시여. 여긴 그냥 지나가는 것으로 부디 혜량을 베푸소서.
목소리 우리의 말들은 인간의 젖이 필요하다.
스님 그 어린 여자 아이의 머리카락을 만진다면, 그 아이는 날아가 버릴
　겁니다. 자신이 어디로 날아가는지 알지도 못한 채, 이미 그 아이는
　눈을 감고 자신의 머리칼을 따라 날아가고 있습니다.
목소리 말들이 병들었다. 우리 말이 굶어죽길 바라는가? 살아 있는
　인간의 젖을 먹어야 말들은 심장이 다시 뛴다.
스님 죽어서도 머리칼이 자랄 아이입니다. 몸에 귀기가 가득해 독이 될
　수 있습니다.
목소리 전사의 제사장아! 거짓말을 하는 걸 보니 가엾구나. 네 가족에게

늑대들을 보내 사지를 먹이겠다.
스님 제발… 그것만은….

　　　　칼을 높이 들었다가
　　　　스님의 머리를 내리친다
　　　　아슬아슬하게 빗겨가 땅에 박힌다
　　　　떨고 있는 스님

목소리 세속으로 보냈더니 인간사를 글썽거리다니….
스님 죄송합니다.
목소리 글썽거리고 있군.
스님 시키는데로 따라만 붙겠습니다.
목소리 악공 뒤에 널 붙인 이유를 잊지 말거라!

　　　　실루엣의 칼집으로 다시 들어가는 칼
　　　　실루엣 말을 타고 사라진다
　　　　고개를 드는 스님

스님 빌어먹을… 나무아미타불.

2장
성곽. 대목수 침실

달래 성벽에 기대어 귀를 대고 있다
무슨 소리인가 들리는 곳으로 움직여
성곽 쪽으로 걸어간다

대목수 거실에 앉아 혼자
가마를 수리하고 있다
장수 무릎을 꿇고 있다

대목수 기우제에 제물로 쓸 그 계집아이는 찾았는가?
장수 그 아이가 성안으로 들어왔습니다. 노모를 봉양하기 위해 제
　머리카락을 잘라 팔려고 제 발로 들어왔습니다. 밤마다 성벽으로
　다가와 귀를 대고 뭔가를 따라하듯 슬프게 중얼거리고 있습니다.
대목수 아이들의 입을 틀어막아야 한다. 계집의 입을 막아야 한다.
　사람들이 보았는가?
장수 성벽으로 다가가 귀를 대고 있습니다.
대목수 죽일 년. 가서 잡아 오거라.
장수 머리채를 끌어오겠습니다.

　　장수 퇴장한다

대목수 밖에 있느냐?

장수2 네, 대목수 님.

대목수 내가 말한 걸 살펴보았느냐?

장수2 네, 천문사관은 백성에게 돈을 받고 역술을 팔고, 부관 몇은
징발을 면해 주는 조건으로 전답을 받고, 인부들은 흙을 남겨 되팔고
있습니다.

대목수 참수시켜야 한다.

장수2 참수시켜야 한다.

　　　　　사이

　　　　　.

　　　　　.

장수2 북쪽 성벽이 어제 갈라졌습니다.

대목수 북벽이?

장수2 모래가 흘러내리기 시작했습니다. 동벽도 조짐이 보입니다.

대목수 동벽도?

장수2 쩍쩍 갈라지기 시작합니다.

대목수 쩍쩍.

장수2 가뭄으로 좋은 흙이 부족합니다.

대목수 그늘진 흙을 더 박아 넣어라.

장수2 흙이 부족합니다.

대목수 숲으로 가서 아기들의 무덤을 더 파고 흙이 된 아이들을
파오거라. 흙이 될 수 있는 것은 모두 데려와 벽 안에 박아 넣어라.

장수2 흙이 될 수 있는 것은 모두.

대목수 어린아이들의 머리통은 썩으면 좋은 흙이 된다.

　　　　　사이

　　　　　　·

　　　　　　·

장수2 병사들이 무덤 구덩이를 파다가 삽을 놓아 버립니다.

장수1 백야라 밤이 하도 밝아서….

대목수 밝아서 더 무서운 것이겠지… 밤이 하얗지만 눈은 더 어둡겠지.
　　조심해. 죽은 눈들이 따라와선 안 된다.

장수2 죽은 눈이 따라오지 못하도록.

대목수 성벽에 귀를 대어 보는 자가 없도록 감시하라.

장수2 울음소리를 듣지 못하도록.

　　　　　침묵

대목수 들리지 않아! 들리지 않아!

　　　　　사이

　　　　　　·

　　　　　　·

대목수 곧 악공의 연주가 잠들지 못한 저 아이들을 잠재울 것이다.

　　　　　천문사관 등장

천문사관 전염병이 귀로 들어가 사람들의 귀가 멀도록 맹인무당들의
　　독을 쓰시오서.

대목수 맹인 주술사는 오고 있는가?

천문사관 이제 눈을 뜨고 일어나 아침을 맞이할 차례입니다. 저녁이면 눈을 감은 채 도착할 예정입니다.

사이

.

.

대목수 악공은?

장수2 전혀 연습을 하지 않고 있사옵니다.

대목수 연주를 하지 않으면 혀를 뽑고 말에 태워 성문 밖으로 버릴 것이라고 전하거라.

장수2 전하였지만 꿈쩍도 하지 않사옵니다.

대목수 난 그의 연주를 꼭 들어야만 한다.

장수2 대목수 님, 도성에 악사들은 이미 충분하옵니다.

대목수 그자의 연주가 필요하다. 오직 그자의 연주만이.

장수2 어찌하여….

대목수 (칼을 꺼내 겨누며) 내 이유를 들으면 넌 목이 베일 텐데 그래도 듣고 싶으냐?

장수2 아… 아닙니다. 제 귀는 오래전에 먹었습니다.

사이

.

.

천문사관과 장수 퇴장하면서 궁시렁댄다

124

혼자서 화장대에 앉아 화장을 하며
중얼거리는 대목수
어디선가 들리는 피리 소리

대목수 건아, 나는 너의 악기 속에 숨어 있었다. 네가 저 광야에서
    연주를 할 때마다… 나는 너의 악기 속에서 흘러나오는 흙들이었다.
    우리 중 누가 더 비겁한가?
    (차를 마신다) 악공아, 너는 멀리 있었지만 나는 네가 잠들면 희미한
    눈을 뜨고 거기까지 기어서… 기어서… 다시, 내 악기 속으로
    들어가곤 했다. 우리 중 누가 더 아팠는가?

        사이
         .
         .

대목수 어머니, 어머니. 들어보세요. 제가 배운 노래를 들려 드릴게요.

        사이
         .
         .

        대목수 화장이 점점 이지러진다
        베개를 안은 채

대목수 어머니, 이 방엔 아무도 없어요. 제가 아무도 못 들어오게
    했어요. 어머니와 저만 살아요. 우리 둘이 살아요. 엄마, 아무도

엄마를 해치지 못해요. 내가 엄마를 장롱 속으로 넣어 두었거든요.
어머니, 어머니. 입 속에서 꽃이 피기 시작해요. 어머니, 저는 어머니
입 속에서 핀 꽃을 따 먹고 노래해요. 아무도 몰라요. 제가 이
세상에서 어머니를 얼마나 사랑하는지 아무도 저한테서 어머니를
빼앗아 가지 못해요. 외로우면, 엄마, 나는 엄마 눈을 만져 봐요.
눈을 감고 엄마 눈을 가만히 만지면, 엄마의 눈 속으로 들어가는 것
같아요.

　　　　사이
　　　　　·
　　　　　·

대목수 자장 자장 우리 엄마
　잘도 잔다 우리 엄마
　우지 마소 우지 마소
　눈을 감고 달로 갔네

　자장 자장 우리 엄마
　여긴 두고 눈을 감소
　내가 묻은 우리 엄마
　바람 불면 울고 있네

　자장 자장 우리 엄마
　내가 옆에 누워 있네
　내가 보여 눈 못 감아
　머리칼이 자란다네

몽유병에 걸린 듯
바닥에 쓰러져
하늘을 보고
주변을 보고
마치 어린 시절에 엄마를 찾듯
중얼거린다

대목수 엄마… 엄마….

가마 쪽으로 다가간다

대목수 엄마… 엄마….

대목수 쭈그려 앉아
가마를 손보고 있다
가마로 들어간다

엄마의 혼령 앉아 있다
대목수 옆에 베개를 안은 채
가만히 앉는다

혼령 또 화장을 했구나.
대목수 어머니, 도성이 완성되기 전에는 저처럼 불행한 아이를 낳지
    않을 것입니다.
혼령 밤마다 베개를 안고 재우는 엄마 흉내는 그만 내거라.

대목수 이렇게 엄마의 치마를 입고 베개를 흔들고 있으면 엄마가
　　　나타나는데 어떻게 그만둡니까?
혼령 네 생각을 백성들이 알면 엉덩이를 내놓고 비웃을 거다.
대목수 남들이 비웃어도 엄마가 보고 싶습니다. 엄마는 어디로
　　　사라졌습니까?
혼령 (옆으로 돌아서며) 네 어미는 흙 속으로 달아났다. 다시는 묻지
　　말거라.
대목수 내 몸에 저주를 내리고 달아났군요.
혼령 피를 그리워하는 건 짐승들이나 하는 짓이다.
대목수 이렇게 외로울 땐 전 엄마 품에서 잠들고 싶습니다.
혼령 수의는 왜 입고 있는가?
대목수 살아도 죽은 몸. 어머니가 돌아가셨는데도 잠옷을 입고 계시는
　　　것과 다를 게 없습니다.
혼령 네가 잠옷을 입혀 나를 장롱에 넣었기 때문이다.
대목수 엄마의 치마를 못 입는다면 차라리 수의가 낫습니다.
혼령 (다시 고갤 돌리며) 아가야, 넌 너무 오랫동안 내 눈으로 살아왔다.
　　우리 눈엔 잠들지 못하는 하얀 달이 들어 있다. 하지만 어미의 눈은
　　이미 흙이 되었다. 내 눈 속에서 넌 오래 살지 못한다. 이제 내 눈
　　속에서 나가거라!

　　　　　대목수 서랍 속에서 흙을 한 뭉치 들고

대목수 그럴 수 없어. 난 흙으로 엄마의 눈동자를 다시 만들 거야. 난
　　　아직도 엄마를 돌보고 있어. 흙으로. 이 흙으로. 다시 살려 낼 수 있어.
　　　엄마도 좋아할 거야. 누구도 엄마 눈에 흙을 넣을 수 없어.
혼령 흑흑. 아가야… 내 눈에 흙이 들어가기 전에… 말해 주지 그랬니?

말해 주지 그랬어. 아가야. 엄만 눈에 흙이 들어가 캄캄해 아무것도 보지 못하고 있다. 네가 엄마 가슴에 쌓아 올려놓은 돌덩이 때문에 숨이 답답하다. 잠들지 못해서 머리카락이 계속 자라서 눈을 뜰 수가 없다. 이 머리카락을 잘라 주렴. 졸려. 졸려….

대목수 엄마. 엄마.

　어머니 고개를 드세요

　(인형 목이 꺾인다)

　어머니 몸이 너무 가벼워졌어요

　(머리를 안아 들고 운다)

　어머니 여기가 갑갑하시죠?

　하지만 전 사람들에게 어머니를 빼앗기지 않아요

　난 이렇게 어머니 잠든 눈을 만지고 있으면 참 좋다

　어머니 고개를 들어 보세요

　(인형 목이 꺾인다)

　　　　사이

　　　　·

　　　　·

대목수 엄마 추워?

　내가 이불을 덮어 줄게

　엄마 졸려?

　내가 자장가를 불러 줄게

　(인형을 다시 서랍에 넣으며)

　엄마 눈을 감아도 날 잊지 마

　엄마 눈을 뜨고도 날 보지 마

제가 어머니를 위해 이 장롱을 만들었어요.
아무도 내게서 어머니를 빼앗아가지 못해요.
매일 당신을 꺼내 이렇게 어머니 눈을 만지고 살 거예요.
어머니 전 잠들기 전이 가장 외로워요
그래서 어머니가 자장가를 불러 주시면서
제 눈으로 찾아오는 밤을 달래 주셨듯이
무서우면 내가 들어가서 엄마를 꼭 안고 있을 게요.
내일은 내가 새 옷도 만들어 주고
머리도 빗겨 드릴 게요.
어머니 눈을 감아도 날 잊지 마세요.
어머니 눈을 떠도 날 보지 마세요.

엄마의 혼령 가마에서 나와 퇴장한다
흐느끼는 대목수
가마 속에서
엄마의 치마를 입어 보는 대목수
치마를 부풀리는 바람
탈 하나
창가에 와서
붕 떠 있다
갑자기
일어서는 대목수
몽유병처럼
무언가를 따라 나선다
치마를 부풀리는 바람

창밖
달래가 베개를 안고 있는 대목수를
보고 있다
대목수 달래를 보고
몽유병에 걸린 듯 다가간다
눈앞에 머무는 둘
서로의 눈을 바라본다
달래 놀라 달아난다
대목수 멍하다

3장
숲. 움막

날아오는 횃불들
움막이 타고 있다
흙 인형들이 불에 구워진다
녹아내리는 흙
인형들
놀라 인형을 안은 채 떨고 있는 달래

달래 어. 엄마. 엄마아….

언제 자랐는지
검고 긴 머리가
바람에 흩날린다

달래 가. 가. 슴. 에. 서. 새. 새. 소. 리. 가. 나. 나.
아이가 올. 울었어. 아이가 내 눈에서 우우 울었어….

입을 벌리고 멍하다
노파 다가와 달래를 안아 준다
가위로 머리칼을 자른다

달래 아야 아야 아파.
노파 그래, 아야 아야 하지.

바람이 분다
눈을 껌벅이는 달래
슬픈 예감을 하는 표정
눈물이 흐른다
병사들 등장
어리둥절하며 달래를 찾는 듯하다

노파 불길한 예감이 들어
긴 머리칼을 잡아 당겨
그녀를 숲으로 끌어간다
달래 부드러운 꿈을 꾸듯이
눈을 감은 채
깊은 숲 속으로 끌고 간다
무언가를 예감하는 표정
해가 든다
기절한다
그녀, 숲의 그늘에 누워 있다
노파는 안 보인다

숲으로 온 대목수
잠옷을 입은 채 베개를 안고
숲을 걸으며
무언가를 중얼거린다

등을 돌려 미행이 있음을 확인한다
대목수 주머니에서 탈을 꺼내 쓴다
복면을 쓴 자객들이 둘러싼다
칼을 꺼내는 대목수
달려드는 자객들,
몇은 물리쳤지만
어렵다
대목수 더 깊은 숲으로 도망간다
숨을 고르며 헉헉대는 대목수
등에 화살이 하나 박혀 있다
독 때문에 쓰러진다

달래가 다가와 안아 자신의 무릎에 눕힌다
머리칼이 든 항아리의 물을 부어 먹인다
희미하게 달래를 보는 대목수
눈이 감긴다

달이 캄캄하다
움막

노파가 시신에서 잘라 온 머리칼을
항아리에 담고 있다
잠들어 있는 대목수 깨어난다
달래 구석에서 앉아 대목수를 바라본다

대목수 누구냐?

노파 사흘 동안 주무셨습니다. 저 아이 품에서 잤습니다. 박힌 화살도
　　저 아이가 뽑았어요.
대목수 내가 이 아이 품에서? 윽, …내가 누군지 아는가?
노파 머리카락을 가진 산 사람일 뿐입니다

　　　　　달래 항아리에 담긴 구정물을 건넨다
　　　　　대목수 받아먹다가 뱉어 낸다

대목수 구정물이잖아!
노파 남은 물은 모두 구정물뿐입니다.
　　당신이 목에 돈을 건 도망간 인부들이 숲에 가득합니다.
　　자신들이 세상을 바꿀 수 있다고 믿습니다.
대목수 가당치도 않는 소리. 뱀처럼 혀가 빨간 자들이다.
노파 마을 사람들은 당신을 살인마니, 폭정꾼이라 부릅니다. 이상한
　　약에 중독되었다고….
대목수 난 사대문 축성을 책임지는 대목수다. 도성을 내 손으로
　　완성하고 싶을 뿐이야!
노파 병든 아이들은 성벽의 흙이 될까봐 두려워 울지도 않습니다.
　　죽어서 흙으로 돌아간 아이들을 왜 깨우십니까?
대목수 성으로 돌아가면 제일 먼저 네 입에 흙을 넣어야 겠구나.
　　너는 큰 뜻을 모른다.
노파 사람들의 울음을 알아보지 못하면 그게 바로 가뭄입니다.
　　그 자의 몸이 바로 가뭄입니다. 당신의 몸이 가장 말라붙어 있습니다.

　　　　　대목수 힘겹게 일어난다
　　　　　주변 항아리들에 가득한 머리칼을 발견한다

대목수 죽은 시체들의 머리칼을 잘라 왔군. 가발을 만들어 파는가?

노파 어떻게 죽은 자의 머리칼을 알아보시죠?

대목수 그 머리칼이 내 입에서 흘러나온 지 오래되었다. (품에서 꺼낸
탈을 쓴다)

　　　　대목수 달래를 한번 힐끗 본다

노파 무덤을 파먹는 인부들이 당신을 알아볼 겁니다. 무덤을 파 비녀를
빼가는 도굴꾼들도 당신의 비녀를 탐낼 겁니다. 이걸 빌려 드리죠.

　　　　자신이 머리칼로 엮은 가발을 하나 준다
　　　　탈 위에 가발을 받아 쓰는 대목수
　　　　움막을 나온다

　　　　밖에서 엿듣고 있던 흙의 환영
　　　　대목수의 귀에 대고
　　　　속삭인다

흙의 환영 가여운 이여, 가슴의 우물이 다 말라 버렸구나. 네 어미의
머리카락은 흙이 되어 다 사라졌다. 머지않아 네 흙도 머리카락처럼
모두 흩어질 거야. 안됐다.

대목수 왜 나를 여기까지 데려온 건가?

흙의 환영 나는 그대다. 그대의 안에 있다.

대목수 너는 내가 아니다. 나를 속이고 있다.

흙의 환영 나는 그대가 조금씩 삼킨 흙이다. 잊었는가?

대목수 아무도 몰래 너를 삼켰다. 왜 다시 찾아왔는가?

흙의 환영 너를 돕기 위해서다. 네가 슬픔으로 눈을 감을 때마다 바람이
　　불어 와서 나를 쩍쩍 갈라놓고 있다. 네가 고통으로 잠들지 못할
　　때마다, 네가 밤마다 가마 속에서 베개를 흔들 때마다, 나는 다른
　　세상으로 떠내려 갈 것 같다. 나는 살고 싶다.
대목수 내 살 속에 있는 한, 넌 사라지지 않는다.
흙의 환영 네 살에서 나는 흘러내리고 있다. 보이지 않는가?
대목수 아니다, 아니다. 너는 내 안에서 더 살아야 한다.
흙의 환영 귀를 가까이.
대목수 귀를 가까이.

　　　　　　대목수 귀 기울이는 표정

흙의 환영 쑥덕쑥덕.
대목수 쑥덕쑥덕. 맞다, 우린 정이 들어버렸다. 숨소리에도 정이 드는 게
　　인간인데, 내가 어떻게 해야 하는가?
흙의 환영 (다른 목소리)
　　여인의 썩지 않는 머리칼이 필요해.
　　네 흙에도 머리카락이 생기고
　　살이 돋고, 네 돌에 눈꺼풀이 자랄 거야.
　　아무도 모르는 네 가슴에
　　달이 하나 생길 거야.
대목수 (미소 지으며) 비밀을 만들려고 하는구나. 내가 가여워서 그만,
　　비밀이 되어 버렸구나. 흙이여, 너를 데리고 이 슬픈 비밀까지 와
　　버렸구나.

　　　　　　뒤돌아 움막으로 간다

달래가 머리칼이 가득한
항아리를 안고 있다
노파는 안 보인다
대목수 항아리를 빼앗아 머리칼들을 본다

흙의 환영 잘라. 잘라. 썩지 않는 머리카락을!
대목수 너였구나! 널 본 적이 있어.

대목수
달래의 머리칼을 자른다
아 아 아
아 야…
아 야…

흙의 환영 머리카락을 끓여 먹어! 끓여 먹어!

대목수
부엌으로 간다
끓는 가마솥
달래의 머리칼을 삶는다
미친 듯이 국자로 젓는다
국자로 국물을 떠 먹으며

대목수 난 눈물이 날 때마다 배가 고팠고 배가 고플 때마다 침을 흘리며
눈물을 닦았다. 내 어미의 혼은 모두 저 흙 속에…. 잠들어 있다. 히히.
내 손으로 어미의 무덤을 파서 그 몸을 성벽 속에 함께 박아 넣어

두었으니까. 도성이 완성되면 내 어미의 머리카락은 다시 자라날 거야.
도성이 되어 영원히 살 수 있을 거야. 아이야. 네 혼은 잠시라도 너의
머리카락에 숨어들어 불사하고 싶구나. 하하, 히히.

      갑자기 구역질이 넘어온다
      토하는 대목수
      손바닥을 펼쳐
      입에 넘어온 걸 보며

대목수 엄마의 숨 냄새야. 엄마 살냄새가 입으로 넘어왔어. 내가 왜 여기
있는가?

      혼령에서 깨어
      정신이 드는 대목수
      탈과 가발을 벗는다
      정신이 들어
      깨어나 놀란다

      머리칼이 잘려 나간 채
      쓰러져 있는 그녀
      숲으로 기어가고 있다

달래 아 파. 아 아 아….

      환영 웃음소리

대목수 탈을 쓰고 내가 꿈을 좇아왔구나. 아이가 널 봤어. 내 운명은
악몽과 정이 들었구나.

환영 웃음소리

흙의 환영 우리의 비밀을 아무도 몰라야 한다. 아이의 눈을 파내.
눈동자를 파내.

대목수
칼을 꺼내
달래의 얼굴을 든다

달래 아… 아… 아.
대목수 이 눈을… 본 적이 있어.

대목수 칼을 내려놓고 낄낄거린다 흐느낀다
그녀를 안아 주려 하다가
자신의 두 손을 바라본다
멈춘다
움막에 불을 내는 대목수

사이
.
.

바람 소리

달이 짖는 소리
노파 들어와 달래를 빼앗아 안고 운다
등 뒤에 흙의 환영을 보고
벌렁 기절한다
대목수 돌아서서 칼을 집는다
환영을 찾는다
환영이 안 보인다
다시 탈을 쓴다
환영이 보이기 시작한다
쫓는다
환영은 나무 뒤에
등을 돌리고
돌아서서
낄낄거리고 있다

대목수 이 망령아, 나를 속였구나. 소문이 두렵다. 네 하얀 혀를
잘라야겠다.

대목수 달아나려는 환영의 그림자를 밟는다
겁먹는 환영, 몸부림치는 환영(대목수의 분신이다)
대목수 다가가 환영의 혀를 자른다
입에서 피를 흘리는 대목수
엄마의 혼령 나타나
혼절한 대목수를 안고 있다
대목수 숨을 못 쉬듯 헐떡인다
토하는 피

엄마 혼령 미안, 미안. 내가 네 눈을 저 달로 보냈구나. 아가, 숨을 쉬거라.
아가, 숨을 쉬어야 해.

자장 자장 우리 아가
눈을 감고 잘도 잔다
흙이 좋아 쥐고 잔다
흙을 먹어 배가 고파
자장 자장 우리 아가
눈을 감고 달로 가라
자장 자장 우리 아가
충신동이 효자동이
내 눈에서 나가거라
내 눈 나가 잠들거라
자장 자장 우리 아가

　　　　　쓰러져 있는 달래
　　　　　자신의 심장 소리 속으로
　　　　　들어가 사라진다
　　　　　혼절한다

　　　　　사이
　　　　　　 ·
　　　　　　 ·

　　　　　꿈속의 악공
　　　　　가마 속에 갇힌 채

악기를 불고 있다

소리가 들리지 않는다

빈 성벽만 울린다

빈 성벽 뒤에서 울리는 소리들

고통스러워한다

악기를 끌어안은 채

식은땀을 흘리며

끙끙거리고 있다

성곽 가장자리에 누워

깨어난 악공의

몸 곳곳에

돌가루가 쌓여 있다

눈을 뜬다

4장
가마

타버린 움막 근처 구덩이
대목수는 사라졌다
달래와 노파 머리가 심하게 헝클어져 있다
노파 삽으로 구덩이를 파고 있다
노파 달래에게 삽을 쥐어 준다

노파 자, 받어. 어서 받어.

달래 고개를 흔든다

노파 날 묻어야 해. 이것아, 어서!

달래 고개를 흔든다
노파 기침을 한다

노파 난 글렀어. 너한테 옮길 수 있어. 이것아, 어서 삽을 받아.

달래 고개를 흔들며 운다
달래 노파를 끌어안고 운다

노파 날 묻어라. 묻고 악공에게 가거라. 널 구해 줄 거야. 넌 살아야지.

  구덩이로 뛰어든다
  눈을 감는다
  욱 피를 토하는 노파
  떨기 시작한다
  달래가 구덩이에 뛰어들어 노파를 안아 준다
  서로 끌어안고 운다
  달래 자장 자장 머리를 만져 준다
  달패 품에 잠든 노파
  달래도 눈을 감고 있다
  마치 눈을 감은 채
  서로 대화를 나누는 듯하다

달래 (다른 목소리) 어머니. 성 벽에서 아이들 울음이 들려와요.
노파 귀를 막아.
  그 울음소리가 네 귀에 들리면 위험해.
달래 (다른 목소리) 어머니가 가르쳐 준 노래를 불러 주면 아이들이
  잠들어요.
노파 그러지 마. 그러지 마. 귀를 막아. 귀를 막아.

  달래 일어나 잠든 노파를
  구덩이에서 끌어내고 바닥에 눕힌다
  숲 바깥으로 나온다
  도성 안

145

달래
비칠비칠
성안으로 들어온다
여기저기 부딪친다
사람들
몽유병에 걸린 듯
눈을 감고
못과 정을 들고
다가와 그녀의 몸에
흙을 뿌리고
못을 때려 박는다
둘러싸서 검은
보자기로
성으로
흙으로
그녀를
감싸는 듯하다

달래 성곽으로 올라간다
목 없는 아이들이 난간 끝에 서서
노래를 부르고 있다
난간 모서리로 가는 달래
병사와 천문사관 나타난다

장수 저 여자를 포박하라!

병사들 다가가자
바람에 흔들리는 달래

달래 가. 가. 까이. 오지. 마.
　뛰. 뛰. 어. 내린다.
천문사관 뭣들 하느냐! 저년은 허락 없이 적의 나팔수였던 자에게
　피난처를 제공했으며, 이방인과 동침을 했다. 대목수께서 지난밤 숲을
　다녀와 친히 내게 일러주었다. 저년을 처형하라 명하셨다. 머리칼을
　잡아끌고 끌어내라. 자시에 광장에서 화형을 집행할 것이다.

병사들 난간 끝에 서서
주춤한다

어디선가 나타난 노파 다가와
난간으로 걸어간다

노파 가만 가만. 아가, 가만 있거라. 내가 그리 갈게. 아가 아가, 불쌍한
　것. 내 손을 잡아. 어여, 내 손을 잡아.

달래의 손을 잡는다

장수 붙잡아라! 명이다!
천문사관 머리채를 잡아 끌어와라!

병사 다가가려 한다
주춤한다

제사장 등장한다

제사장 둘 다 떨어뜨려선 안 된다. 산 채로 잡아라.
노파 (노파 돌아보며) 다 다 당신이… 어떻게… 우리한테….

　　　병사 다가가
　　　노파를 붙든다
　　　노파 달래를 꽉 안는다

노파 놔, 이것들아 놓지 못해. 이 아인 내 아이야. 내가 어떻게
　키운 새끼인데. 내 살을 발라 먹이고, 내 혀로 핥아 키운 아이야.
　너희들에게 빼앗길 순 없어. 너희들의 제물놀이에 내줄 순 없어.
　이놈들아, 차라리 나를 데려가라.
장수 끌어내!
노파 놔! 놔! 가까이 오지 마. 이 아인 안 돼!

　　　노파의 머리칼을 잡아당기는 병사
　　　달래의 머리칼도 잡힌다
　　　버티는 노파와 달래

달래 아 아파. 아. 아 아파.
노파 이 아이의 머리칼을 놓지 않으면 이 아이를 안은 채 뛰어내리겠다.
　저주가 내리도록.

　　　병사 칼등으로
　　　노파의 머리를 후려친다

노파 어… 어… 아가. 아가….

> 노파 휘청한다
> 달래를 놓아버린다
> 발을 헛디뎌 아래로 추락한다

제사장 아! 안 돼….
달래 엄…어 엄 니… 어 엄 마 마 아….

> 제사장 고개를 돌린다
> 붙잡혀 오는 달래
> 제사장 보자기를 달래의 얼굴에 씌운다
> 대목수 성곽에 등을 돌린 채
> 이 광경을 듣고 있다

달래 엄…어 엄 니… 어 엄 마 마 아….

> 우는 달래
> 보자기에서
> 검은 머리칼이
> 길게 흘러내린다
> 아래로
> 아래로
> 흘러내린다
> 아무도 모르는
> 슬픔처럼

149

모래처럼
　　　성벽을 흘러내리는
　　　머리칼

　　　병사들 입을 벌리고
　　　무기를 내려놓고
　　　놀란다
　　　제사장 다가가
　　　달래의 머리칼을 잘라 준다
　　　자루에 담는다

천문사관　저 저 괴물을 당장 태워야 한다.
제사장　모두 눈을 감거라. 가마를 가져 오거라. 가마가 땅속으로
　　돌아가려고 울고 있다. 곧 머지않아 저 가마 속에서 수천 마리 새가
　　날아오르는 것을 볼 것이다.
천문사관　(제사장 목소리 비웃듯 흉내내며) 수 우 처 언 마리 새가 날아오를
　　것이다. 흥! 네놈 목소리는 꼭 뱀이 우는 소리 같다.

　　　병사들 검은 가마를 내어온다
　　　달래를 가마 속에 넣는다
　　　소녀 검은 가마 속에 들어가
　　　울고 있다

달래　엄…어 엄 니… 어 엄 마 마 아….

　　　바람이 분다

가마 속
검은 울음소리
가마가
출렁출렁
흔들리며
성곽을 내려온다
성곽 아래
노파를 두 팔로 받은 광대
혼절한 노파를 업은 채
성벽에 흘러내린
머리칼을 보다가
퇴장한다

숲.

호수 옆 말 한 마리 보인다
말에서 내린 한 사람의 실루엣이 보인다
커다란 칼을 차고 있다
악공은 말 앞에 무릎을 꿇고 있다
마치 말과 대화를 나누는 듯하다

실루엣 아직 멀었느냐?
악공 조금 더 기다려 주시오.
실루엣 널 보낸 이유를 잊진 않았겠지? 네 신호에 우리의 말들은 어둠
 속에서 눈을 뜰 것이다. 더러운 불면으로 가득 찬 도성을 쓸고 갈

것이다. 네 연주를 기다리고 있다.

악공 알고 있소.

실루엣 네 머리칼 냄새에선 바람 냄새가 난다. 우린 네 머리칼 냄새를 맡고 달려온다.

악공 (머리를 땅에 박으며) 그만. 그만. 난 못 한다.

실루엣 모두 졸고 있을 때 연주하라.

> 말 사라진다
> 나무 뒤에서 이를 지켜보는 제사장
> 몸을 숨긴다
>
> 불에 탄 움막의 악공
> 검게 그을린 항아리들
> 재가 된 머리칼들
> 타버린 움막
> 타버린 흙 인형들
> 악공 어두운 표정으로
> 둘러본다
> 제사장 어두운 표정
> 제사복을 벗고
> 백정의 옷을 입은 채
> 고개를 숙이고
> 향을 피우려다가
> 인기척을 느낀다

제사장 언젠가 자네가 돌아올 거라 생각했지.

악공 절 아시나요?

제사장 자넬 갓난아기 때 말 등에 올려 태워 멀리 보낸 건 나네.

악공 한때는 그 말을 타고 돌아가 그 손을 찾아 물어뜯고 싶었지요.

사이
.

.

제사장 별로 놀라지 않는군.

악공 어떻게 버려졌건 버림받은 건 변하지 않으니까.

제사장 어쩔 수 없는 선택이었어. 자네의 엄마는 전염병으로 죽었어.
그 옆에 있었다간 자네도 위험했네. 자네 형은 사람들이 말려도
외롭게 혼자서 죽은 엄마 곁에 있으려 했네. 사람들이 그녀를 빼앗아
파묻으려 했거든. 죽은 어미를 데리고 살려는 그 아이를 이해할
수 있는 사람은 없었어. 결국 그 아이는 자신의 두 손으로 흙이 된
엄마를 파내고야 말았지. 그 이후 눈이 하얗게 타기 시작했네. 하지만
아직 어린 자네는 멀리 보낼 수밖에 없었어.

악공 제사장의 멱살을 잡고 분노한다

악공 그래서 살아남은 형을 저런 괴물로 키운 거야? 당신의 욕망을 닮은
꼭두각시 괴물로.

제사장 그리움은 누구나 인간을 괴물로 만들 수 있지. 이 도성 안에
괴물이 아닌 사람이 있는가?

악공 잠시 후 손을 놓는다

악공 달래는 어떻게 되는 건가요?

제사장 가마를 타고 떠날거야…. 우리가 모르는 세상으로. 어쩌면
　가혹한 이승보다 그 편이 더 나을 수도.

　　　　　　악공 다시 제사장의 멱살을 잡는다

악공 아이를 제물로 쓴다고 세상을 변화시킬 수 있을 것 같아?

제사장 지금 이 세상은 거짓된 희망이라도 필요해…. 대목수라면
　땅속까지 파 들어가서 찾아낼 거야.

악공 희생을 통해 세상을 얻을 수 있다고 생각하는 당신들이야말로
　가여운 사람들이야.

　　　　　　힘이 빠져 풀썩 주저앉는 악공

제사장 그 아이의 머리칼이 자신을 떠나지 못하는 건 자네 소리가
　자네에게서 떠나지 못하는 것과 같군. 허허. 그 아이를 잡아.

악공 전할 수 없어요. 저 풀숲의 풀벌레처럼…. 겨우 제 몸을 비벼
　연약한 소리를 냈을 뿐입니다.

제사장 비가 오면 이 모든 게 씻겨 나갈 수 있어.

악공 연주로 비를 내릴 순 없어요.

제사장 대목수가 숨기고 있는 성벽의 비밀을 알고 있나?

악공 그를 잊었습니다.

제사장 그가 버린 악기를 자네가 들고 살았다.
　대목수는 자네의 연주를 오래 기다렸어. 그를 달랠 수 있는 것은
　자네뿐이야.

악공 제가 연주를 하면 모두가 위험해집니다. 마적 떼가 달려올

겁니다… 그들은 도성 안의 모든 젖을 물어뜯을 겁니다. 오랫동안
젖에 굶주린 자들이에요.

제사장 악공의 멱살을 붙잡으며

제사장 겁쟁이에 병신 같은 녀석! 아직도 자신만 버림받았다고만
　　　생각하지. 조정은 그를 버렸고 현상금을 내렸어. 암살꾼들이 언제
　　　대목수의 목을 벨지 몰라. 백성은 가뭄과 역병을 그가 몰고 왔다고
　　　생각하지. 그는 궁지에 몰렸어.
악공 제가 왜 이제 와서 그를 도와야 하나요? 전 어미의 얼굴도 모른 채
　　　바람 속으로 버려졌습니다.

제사장 악공의 멱살을 놓으며

제사장 자넬 괴롭히는 짓은 그만둬. 이렇게 돌아왔잖아. 흙냄새가
　　　그리워서.

사이
·
·

악공 차라리 나도 저 벽으로 밀어넣어 주세요. 흙이 되겠습니다.

제사장 다가가 악공 뺨을 후려친다

제사장 정신 차려! 대목수가 그녀를 가마에 넣어 태우려고 해. 그

155

방법뿐이라고 생각하니까. 하지만 기우제는 다시 실패할 거야. 그를
위해 연주를 해 주고 그녀를 데리고 멀리 떠나게. 비가 오는 건… 내가
노력해 볼 테니.

> 악공 일어나 벽에 자신의 머리를 박는다

악공 비가 오게 한다고? 이 고통을 당신이 모두 씻어 내리게 할 수 있어?
속지 않아. 다시는 속지 않아. 당신은 우리의 운명을 가지고 더는
장난칠 수 없어. 꺼져 버려.
제사장 (흙을 주우며) 자네 말이 맞을지도. 우린 모두 자신의 삶에 속고
있는 것인지도 몰라. 하지만… 운명이란 가여운 것이어서 돌보아야 해.

> 제사장 무릎을 꿇는다

제사장 미안하네. 하지만 우리가 잘 할 수 있는 것을 해야 해. 자네도
황야를 떠돌며 오랫동안 잠들지 못했다는 것을 아네. 그래도 그
아이가 자네 머리칼을 감겨 주었잖아. 고향에 와서야 처음으로 편안히
잠들 수 있었잖아.

> 제사장 향을 피운다
> 악공의 악기를 내려놓는다
> 향이 피어오른다
> 제사장 퇴장
> 악공 멈칫하다가 향 냄새를 맡고
> 향 속으로 사그라들듯 쓰러진다

악공 이 냄새는….

     노파 등장
     악공의 가슴에 올라타 칼을 내리꽂으려 한다

노파 니놈이 안 나타났으면…. 니놈이 내 아이의 심장으로 들어오지만
    않았어도….

     노파 칼을 멈추고
     사라진다
     악공 깨어난다

악공 냇가에 앉아 사람들이 서로의 머리칼을 감겨 주고 있었어. 엄마가
    아이를, 형이 동생을, 연인들이 서로의 머리를 씻어 주고 있었어. 나도
    이제 그만… 씻어 버리고 싶어….

     악기를 품에 넣는다

     광장.

     가마, 덩그러니 놓여 있다
     낄낄거리며 대목수가 가마 입구에 판자를 대고 못을 박고 있다
     악공이 다가와 가마를 끌어안는다

악공 그만 둬! 뭐하는 짓이오!

대목수 어린 것을 가두었다. 네가 악기 속에 가둔 소리처럼.

        대목수 무심히 계속 못을 박는다

악공 멈춰! 잔인한 짓이야!

        대목수 악공을 발로 차버린다
        나뒹구는 악공
        가마 밑으로 검은 머리칼들이 흘러나온다

대목수 가까이 가면 너도 병들 뿐이다.
가마 속 달래 목소리 도. 도. 도망가…. 도. 도, 도망가….
대목수 사람들은 끝도 없이 자라는 이 아이의 머리칼을 보고 죽은 자의
   머리칼이라 부른다. 하지만 난 희망을 본다.
   난 이 아이의 머리칼이 필요하니까.

        바람 분다 악공 가마를 꼭 안는다
        대목수 손을 털고 사라진다

악공 달래야. 눈을 감아. 내가 옆에 있을게.
   네 눈동자로 내가 들어갈게.
   환한 달이 되어 네 눈으로 들어갈게.
   눈을 감고 있어.

        사이
         .
         .

악공 바람아 도와다오.
　내 숨이… 그녀의 머리칼을 들어 올려
　먼 곳으로 날려 보낼 것이다.
　다시는 이곳으로 흘러오지 않도록.

　　　대목수 먼 곳에서 바라보고 있다
　　　병사들이 달려가려 한다
　　　대목수 손으로 막는다
　　　바람이 멈춘다
　　　고요하다
　　　구름 속에 숨은 달

달 악공아, 왜 그 아일 내게서 빼앗으려 하는가?
악공 달아, 그 아이를 이제 내 연주 속에 숨기겠다.
달 너의 연주는 구름 속에 숨어 왔다. 이제 와서 그 아이를 빼앗아 가려
　하다니. 너무해. 너무한다.
악공 네 눈동자 속엔 이미 구름이 꽉 차 있다. 내가 연주를 하면 달아.
　당신은 그 아이를 볼 수 없다. 눈을 감아 다오.
달 악공아, 내가 너의 얼굴로 들어가 너를 달래 주면 안 되겠는가?
악공 이건 내 몫이다.
달 안 돼. 빼앗지 마. 그럴 순 없다. 빼앗지 마.
악공 난 소리를 타고 저 아이의 숨 안으로 들어간다.
달 내 눈에서 그 아이가 나가려 한다. 날 달래지 마, 날 달래지 마.

　　　대목수 병사들을 끌고 사라진다

고요하다
마치 악공이 가마 속에
혼자 갇힌 듯하다
연주를 해 보려고 하지만
소리가 나지 않는다
빈 성벽만 울린다
공허한 소리들
다시 시도해 보지만
악공
고개를 숙이는 악공

악공 비가 와 주면 달래도 살고, 말도 돌아갈 수 있어.

일어나
성곽으로 뛰어가는
악공

5장
대목수의 침실

이리저리 침실을 걸으며
술병을 든 채
초조해하는 대목수
가져온 가발을 꺼내 쓴다
거울을 본다

제사장 옆에 서 있다
괴로운 표정

제사장 (무릎을 꿇고) 사람들이 언젠가는 알아볼 것입니다. 사람들 눈을
더는 가릴 수 없습니다.

대목수 입 다물라.

제사장 벽으로 들어간 것들은 대목수 님의 흙이 될 수 없습니다. 모두
흙이 되어 그렇게 이 도성이 완성된다고 해도… 성벽은 울음을 멈추지
않을 것입니다.

대목수 입을 다물라고 했다.

제사장 밤마다 백성들의 귀에서 흙이 흘러내리고 있습니다. 눈을 감으면
우리가 채운 더러운 흙들이 우리 몸 안에서 흔들리고 있습니다. 더
이상은… 더 이상은… 이 참혹을, 이제 땅에 묻으셔야 합니다.

대목수 제사장을 발로 차 버린다
구석에 박히는 제사장
신음하는 제사장

대목수 입을 다물거라, 제사장아. 우리가 흙을 삼키며 바친 세월들이다.
사람들이 우리 입속에 처넣던 더러운 흙과 구정물들을 잊었는가? 내
눈은 이미 새들이 파먹었고, 내 입안엔 벌레들이 죽은 알을 낳았다.
내 귀엔 죽은 자들의 뼈가 쌓여 있다. 내 손이 할 수 있는 것은 흙을
쌓아 올려 감추는 일이다. 흙으로 덮는다. 너는 춤을 준비하고 악공의
연주를 준비시켜라. 나는 두렵지 않다. 겁나지 않다. 내 꿈은 잠들지
않는다. 내 손톱에 물든 흙빛이 하늘을 어둡게 가릴 것이다.

제사장 기침을 한다
피를 울컥 토한다
놀라는 대목수

제사장 역병에 걸렸습니다. 성문 옆에 배를 한 척 매어 두었습니다.
저는 일이 끝나면 배를 밀고 강으로 가겠습니다. 살 수 있다면 다시
백정으로 돌아가 짐승의 눈을 달래며 살도록 허락해 주소서.
대목수 우리 눈에서 검은 모래들을 다 쏟아 낸 후 너를 보내겠다. 너는
떠날 수 없다. 내 곁에 있어야 한다.
제사장 떠나겠습니다.
대목수 부탁이다. 나를 떠나지 말아라. 내 곁에 있어다오.
제사장 어린 목공이여! 이제 그만둬라! 너의 이름 건으로 돌아가라!
건아! 제발….
대목수 그럴 수 없어.

제사장 안 된다. 하늘을 속일 순 없다. 더 이상 네 자신을 괴롭히지 마라!
대목수 난 하늘을 믿지 않아 땅을 믿는다. 흙은 내 손에 아직 있어.

> 대목수 벽에 걸린 칼을 꺼내
> 제사장의 목에 겨눈다

대목수 나를 막으면 벨, 벨 거야!
제사장 (일어나며) 애야, 죄의 바깥에 삶이 있다. 내가 너의 손에 정과
    망치를 처음 들게 했으니. 모두 내 죄다. 차라리 날 베거라.
대목수 아저씬… 짐승의 머리를 망치로 내리치고 뼈를 쪼개는 일보다
    더 중요한 걸 나에게 가르쳐 주셨어요. 내 삶은 사람의 죄가
    아니라 귀신의 놀이입니다. 내 울음소리를 처음으로 들은 것도
    당신이고, 울음 속에서 삶을 예감하도록 도운 것도 당신입니다.
    난 아무도 모르게 쓸쓸하게 죽어 가던… 내 어미의 울음을 따라
    여기까지 왔습니다. 저 벼랑 끝까지 나를 악몽으로 몰고 가서 나를
    밀어 떨어뜨리려는 수많은 귀신의 눈을 찌르고 도망 오도록 한 건
    당신입니다. 내 죄가 있다면 피가 도는 흙과 함께 이승을 견디고
    있을 뿐. 하늘은 이해할 겁니다. 아저씬 죄가 없습니다. 다 되어 가요.
    조금만 더 내 곁에 있어 주세요.
제사장 귀가 먹을 것 같구나. 그 소리가… 너무나 서러운 너의 울음이 내
    귀에서 처음처럼 다시 들려온다. 아… 어린 목공아.

> 대목수 칼을 내려놓는다
> 낄낄거린다
> 제사장 쭈그려 앉아 목에서 피를 토한다
> 기침을 하다가

가짜 눈알이 빠져 나와 굴러 간다
기어가서 주으려 한다

제사장 이대로 가면 너의 혼은 영원히 땅에 들어가지 못 한다.
대목수 무섭군. 하지만 땅속을 나는 새가 날 다시 찾아낼 거야. 내
　머리칼을 물고 저 하늘로 떠오를 거야. 내 어미도 내가 다시 땅에서
　파냈듯이….

제사장 겁에 질려 문 쪽으로 기어간다
대목수 제사장을 일으키고
제사장의 눈알을 주워 허공에 비추며

대목수 (부드러운 목소리로) 괜찮으세요? 아저씨. 미안해요. 기우제가
　성공하는 방법이 있다고 하셨잖아요. 이젠 알려주세요.
제사장 알려드릴 수 없습니다. 모두가 피를 흘립니다.
대목수 내 두 눈은 이미 핏물로 가득 차 있어요.
제사장 목공아, 더는 널 괴롭히고 싶지 않아.
대목수 (정색하며) 난 축성을 마쳐야 한다.
제사장 삶이 너무 잔인해서… 우린 비밀을 하나 만들었을 뿐입니다.
　이제 멈추어야 해요.
대목수 (대목수 걸어가 창문을 닫으며) 내 입을 막고 내 귀를 막고 내
　눈에만 말하거라.

대목수 눈을 감는다

제사장 기어이 이별할 시간이 오는구나.

귀를 가까이….

대목수 귀를 가까이….

제사장 희생제가 성공을 하려면 하나의 피가 더 필요합니다.

대목수 계속 하거라.

제사장 가뭄이 떠나려면 자신을 갈라 버린 자도 데리고 떠나야 합니다.

대목수 내 아우를 뜻하는가?

제사장 고개를 끄덕인다

대목수 다른 연주자를 쓴다면?

제사장 희생제를 주관하는 자와 같은 피를 지닌 사람이어야 합니다.

대목수 연주를 마치면 말을 태워 돌아오지 못하도록 하겠다.

제사장 고개를 흔든다

제사장 그자는 자신의 연주보다 오래 살아남아선 안 됩니다.

대목수 그는 내 어미의 젖을 입에 대어 보지도 못한 아이다.

제사장 병든 젖을 빨고 살아남은 당신도 있습니다.

대목수 내 어미의 눈을 닮은 아이다.

제사장 당신의 눈도 그의 눈을 꼭 닮았습니다.

대목수 자넨 내 아우가 가엾지 않은가?

제사장 둘 중 하나를 선택해야 한다면 저는… 대목수 님 곁일 뿐입니다.

사이
.
.

대목수 그만 그만하거라. 괴롭다. 내 아우의 악기는 어떻게 되는가?

제사장 그가 땅속으로 들어가면 악기를 물고 하늘로 날아오르는 새가
  보입니다. 그게 그의 마지막 노래가 될 것입니다.

대목수 꼭 베어야 하는가?

　　　　침묵

대목수 비는 확실히 오는가?

제사장 기우사엔 그리 기록되어 있습니다.

대목수 난 네가 보는 예감과 운명을 듣고 싶다.

제사장 비는 옵니다. 하오나….

　　　　사이
　　　　·
　　　　·

대목수 혼은 어디에 남는가?

제사장 보내지 못한 자의 마음에 남습니다.

　　　　사이
　　　　·
　　　　·

대목수 운명이여 고향을 잃고 너는 어디로 가고 있느냐. 내 피가 슬픈
  악기라면 차라리 저 차가운 바다에 버리면 될 것을….

        사이
        .

        .

대목수 연주를 시키고 비가 오면 베어라.
제사장 건아, 그 역시 네 피 속에서 피어난 꽃이다.
대목수 꽃을 버려야 열매를 얻습니다.

        사이
        .

        .

제사장 저는 떠나겠습니다.

        제사장 눈알을 끼우고
        퇴장한다
        멍한 대목수
        뛰어오는 장수

장수 인부들이 일을 놓고, 모여서 머리카락을 돌저귀로 자르고
    있습니다.
대목수 왜?
장수 영영 고향으로 돌아가지 못할 바엔 지방으로 내려가는 인편에 실어
    가족에게 머리카락을 배달해 달라고 아우성입니다.
대목수 머리카락을 고향에 배달시킨다? 장수여. 그댄 고향이 어딘가?
장수 전 머리카락을 보낼 고향이 없습니다.

대목수 원하는 대로 해 주거라.

> 사라지는 장수
> 창가를 바라보는 대목수
> 성곽 끝에서 자객들이 지붕을 타고 오고 있다
> 불을 끄고 벽에서 칼을 빼는 대목수
> 커튼 뒤에서 자객들을 해치우는 대목수
> 칼이 하나둘 바닥에 떨어진다
> 피 묻은 칼을 놓고 앉아서 차를 마시는 대목수
> 벌벌 떨며 대목수 옆으로 기어 오는 천문사관

대목수 (낄낄거리며) 어린 석공들에게 이자들의 살을 솥에 삶아 배불리
먹이거라. 고깃국이 필요할 터.

천문사관 주… 죽을죄를 졌사옵니다. 대목수 님을 처형하라는 조정의….

대목수 내 의지를 꺾을 순 없다. 내겐 귀신이 된 수천 명의 병사가 있다.
모두가 날 떠나버려도 귀신들은 성벽에 달라붙어 성을 쌓을 것이다.
제사장과 나는 아주 오래전부터 귀신과 한 몸이다.

천문사관 제사장은 역병에 걸렸습니다. 땅속에 묻어 버려야 합니다.
대목수 님께 옮길 수 있으니….

대목수 (칼을 천문사관의 목에 대며) 닥쳐. 이 세상에 그 혀보다 더한
전염병도 있더냐? 널 베지 않으마. 대신 약을 써서 제사장을 살려야
할 것이다. 기우제를 준비하라.

천문사관 역병에 걸린 제사장을 왜? …네. 네. 알겠습니다.

> 천문사관 기어서 퇴장하다가 돌아서서

천문사관 조정이 노할 것입니다.

대목수 조정? 히히. 그 썩은 혀가 여기까지 흘러와 침을 흘리도록 내가
  가만 있을 것 같은가?

> 깔깔거리는 대목수
> 대목수의 엄마 가위를 들고 등장
> 대목수의 등으로 와 그를 가만히 껴안는다

천문사관 대목수 님 등에… 여인이… 귀. 귀신이 붙어 있습니다….

> 천문사관 겁먹고 기어서 퇴장
> 병사들 등장

병사들 대목수가 미쳤다, 미쳤어.

> 놀라서 퇴장

대목수 히히. 귀신이 붙어야만 이승은 살 만하지.

> 엄마가 가위로 대목수의 머리칼을 잘라 준다
> 대목수 저울의 흙을 바닥에 쏟는다
> 엄마 퇴장한다
> 낄낄거린다
> 밖으로 나와
> 성곽을 돌다가
> 지붕 위를 베개를 안고

껄껄거리며 걷는다
가마 주위를 돌아보고
다시 침실로 돌아온다
창문 턱에 악공이 서 있다
그림자로 보인다

대목수 누구인가? 거기 서거라.
악공 문을 열어 주시오.
대목수 너는 내가 어떤 문을 닫았는지 알지 못한다.
악공 나는 소리요. 밤마다 당신의 방 앞에서 서성거렸던.
대목수 소리는 내게 와서 쌓이지 못한다.
악공 연주를 하겠소. 아이를 살려주시오.
대목수 그 계집아이를? 왜?
악공 가엾기 때문이오.
대목수 네가 가여운 것을 아는가?
악공 아직도 머리카락이 젖은 채 애처롭게 졸고 있소?

　　　　사이
　　　　　·

　　　　　·

　　　　고개를 숙이고 있다가
　　　　버럭 고개를 들며
　　　　다른 사람이 된 듯

대목수 (단호하게) 그 아이는 사람들의 희망이 되어야 한다. 그 아이의

피는 도성에서 울음소리가 더 이상 들리지 않도록 자장가가 되어 줄
것이다. 연주를 하거라.

악공 자장가는… 자장가는… 그런 게 아니다.

대목수 (낄낄거리며) 자신의 세상이 가여워서 견딜 수 없을 때, 네 연주는
더욱 살아 오를 것이다.

      사이
        ·

        ·

      대목수
      바닥에 떨어진 자신의 머리칼들을 주워
      차를 끓이기 시작한다
      베개를 안는다

악공 어두운 내 눈을 만져 주고 당신을 품에 재워 준 아이오.

대목수 (혼잣말) 그 아이의 머리카락은 더는 땅에 남아 외롭지 않을
것이다.

악공 바람 속에서는 다 흩어질 뿐이오. 슬픔도 그리움도 바람 속에서 다
흩어져 버렸습니다. 당신이 버렸던 악기를 들고 연주를 하겠소.

대목수 어린아이 같은 소릴 하는구나.

악공 (무릎을 꿇는다) 당신의 눈으로 한 번이라도 들어가게 해 주세요.

대목수 흉측하고 위험한 짐승의 눈으로 들어오지 말아라. 여긴 잠들지
못한 자의 불면일 뿐이다.

악공 당신처럼 나도 두렵소. 내 마지막 연주가 눈을 감아야만 들리는
바람 소리 같은 것이 될까 봐….

대목수 찻잔을 던진다
베개를 세게 끌어안는다
압력이 팽팽해진다
악공 흐느낀다

대목수 문 앞에서 상처 난 짐승 하나가 발톱을 들어 문을 긁고 있구나.
악공 나는 이번에는 달아나지 않아요. 연주를 할 거예요.
대목수 (정색하며) 안 된다. 하지 말거라. 연주를 해선 안 된다.
악공 제발…. 나도… 나도 당신과 같은 피를 가진 사람이오.

악공 안으로 들어오려 한다
멀리서 자객이 쏜 화살이 악공의 등으로 날아온다
대목수 재빨리 화살을 베개로 막는다

대목수 악공아. 묻겠다. 네 고향이 어디냐?
악공 내 고향은… (사이) 내 고향에서 나는 곤히 잠들어 있는 내 형의
    눈을 가만히 만져 보곤 했어요.

악공 퇴장한다
화살을 베개에서 뽑는 대목수

베개가 툭 터진다
모래가 흘러내린다
흘러내린다
죽은 아이들처럼
모래가 흘러내려 바닥에 쌓인다

베개를 안고 있는 대목수
바닥을 내려다본다
손에 베개천만 남았다
멍하다

사이

.

.

대목수 (생각에 잠긴다) 가거라. 연주가 끝나면 널 다시 바람 속으로
돌려보낸다.

악공 사라졌다

대목수 넌… 살아야 한다.

창턱에 기대어 있는
대목수
지평선을 바라본다

대목수 지평선 속에 저 바다의 수평선이 숨어 있구나. 저 바다의
수평선도 물속에 숨어 있는 땅의 지평선을 머금고 떠오르는 법.
운명이여, 둘은 어떤 의를 나눈 형제인가?

대목수 성곽 아래를 내려다본다

서서히 침실이 어두워진다
어딘가에서 들려오는 아득한 목소리

대목수
저울을 쓰러뜨린다
고함을 지르다가
웃다가
멀리 가마를 바라본다

잠시 후
대목수 모래를 다시 천 속에 주워 담는다
베개를 안아 들고
성곽을 뛰어내려 간다
도성으로 들어간다
성벽 앞에 선다
베개를 안은 채 가만히 귀를 대어본다
가마를 발견한 대목수
소년 병사 둘, 가마 옆에 머리를 기대고
잠을 자고 있다
대목수 다가가 가마 앞에 서 있다
멀리 달아나는 달을 한번 바라본다

(목소리)
어린 왕 완성되려면 멀었겠지?
늙은 신하 네⋯.

어린 왕 대목수가 미쳤다며?

늙은 신하 네. 베개를 들고 다니며 엄마만 찾는다고 합니다.

어린 왕 축성을 멈추고 대목수의 머리를 성문에 걸어라.

늙은 신하 하오면 공사는?

어린 왕 백정 중에 누군가 또 나타나겠지.

　　　　어둠이 오기 시작한다

　　　　사라진 대목수

6장
지평선 끝 언덕

악공과 스님 지평선을 바라보고 있다
난간 아래를 멍하니 내려다보던 새 한 마리
떨어진다 공중에서 퍼덕이며 다시 솟구쳐 날아오른다
스님 아래를 내려다보며
서쪽 하늘을 보고 예의를 갖춘다

사이
    .
    .

스님 저 멀리 어디쯤엔 바다가 있다고 하네.

악공 바다를 한번도 본 적이 없습니다.

스님 자네도 그 눈동자에 담긴 비밀을 알고 있지?

악공 사람들은 그녀의 머리카락에 가려진 눈을 못 보고 있어요.

스님 아름다운 눈을 가졌지. 두 형제만 본 거야. 하늘이 형제들에게 준
     비밀이지.

악공 형은 그 비밀을 가마에 넣어 태워 버리려고 합니다. 가마가
     사라졌어요.

스님 오늘 보니 가마를 숨겨 버렸더군. 그 아이는 한쪽 눈으론 밤을
     보고, 한쪽 눈으론 낮을 보고 있네. 지금은 어느 쪽 눈을 뜨고

있을까?

　　　　　사이
　　　　　.
　　　　　.

악공　어미의 병든 젖 한 번 못 먹어 본 아이는 돌아왔어요. 어미의
　　　시신을 홀로 지켰던 아이는 절 다시 떠나 보내려 하고요. 세상에서
　　　가장 슬프고 가혹한 연주는 입안에 달을 넣고 하는 연주라
　　　들었습니다.
스님　이제 그만 입 속의 그 달을 뱉어 내게.
악공　쉽지가 않아요.
스님　끝내야 해.
악공　스님… 우리가 잃어버린 고향은 어디에 있을까요?
스님　글쎄. 하지만 글썽거리고 있잖아.
악공　제가 무엇을 글썽거리고 있죠?
스님　그걸 알아야 해.

　　　　난간을 걷는 악공
　　　　두 팔을 벌리고 바람을 맞는 표정
　　　　쭈그려 앉은 채

　　　　사이
　　　　.
　　　　.

스님 연주가 두려운가? 숨을 바람에게서 얻어.

　　　　악공 숨을 들이쉰다

악공 숨이… 남아 있을까요?

　　　　사이
　　　　·

　　　　·

스님 우리가 선택을 해야 할 때야.

　　　　악공 악기를 품에서 꺼낸다
　　　　끌어안는다

악공 비가 올까요?
스님 좋은 소리는 자신과 닮은 울음소리를 찾아가 그걸 달래게 되어
　　있어…. 자네의 고향처럼….

　　　　사이
　　　　·

　　　　·

　　　　스님 일어나 악공에게 한 번 더 예의를 갖춘다
　　　　스님 번민하다 뭔가를 결심한 듯
　　　　악공 갑작스러운 예의에 당황한 표정

어디선가 바람 소리가 들려온다

스님 연주를 할 때마다 가슴속을 지나가는 하늘을 떠올려야 해. 넌
가뭄처럼 바닥으로 떨어지지 않을 거야. 바람이 널 가볍게 들어
올려줄 거야. 네 소리는 늘 바람에 실려 있는 하늘이었으니… 자네가
타고 온 말과 내가 타고 온 말은… 한 어미의 배에서 나온 형제라는
것을 몰랐을 거야. 비밀이 없는 자는 가난한 법이지. 난 오늘 밤
바람의 계곡으로 돌아가네. 가게. 어서.
악공 스님…, 스님!

　　　　　어둠 속으로 사라지는 스님
　　　　　어둠이 무엇인가를 끌고 사라진다

　　　　　어둠속에서

스님 달래다가 가는 거야… 그래. 달래고 가는 거야. 윽.

　　　　　머리통 하나가 바닥에 떨어진다

악공 가마로 가야 해!

　　　　　악공 광장으로 뛰어간다
　　　　　바람 소리와 말발굽소리
　　　　　악공의 귓가에 웅웅 거린다
　　　　　악공 뒤 귀를 막고 두려워한다
　　　　　귓가에 웅웅거린다

숲
노파 숲에서
두 손으로 구덩이를 파고 있다
구덩이로 들어간다
머리만 덩그러니
내놓은 채

노파 말들아, 내 머리통을 밟고 지나가거라.
내 피를 밟고 돌아가거라.

바람이 심하게 분다
노파의 머리 헝클어진다
북 소리
말발굽들
노파의 머리통을 피해 지나간다
절규하는 노파

4막

북정문北靖門

곡비

1장
망루

동생 병사 기우제를 올린다고 해.

형 병사 이번엔 비가 올까?

　피 냄새만 나.

동생 병사 칼에 피를 흘려 주면 칼이 운대.

형 병사 노래가 피를 흘리면 그건 사람이 된대.

동생 병사 겁먹을 것 없어.

형 병사 겁먹을 것 없어. 이것도 금방 지나갈 거야.

동생 병사 금방.

　　광장

　　　광장으로 나오기 시작하는 사람들

　　　백정이 다가와

　　　가마를 밧줄로 사방으로 묶는다

　　　달이 깊어 간다

　　　바람이 심하게 분다

　　　제사장 등장한다

　　　제의를 준비한다

　　　하늘을 올려다본다

　　　자정이다

제사장 바위에 불을 피운다
돼지머리 눈을 번쩍 뜬다
제사장 자정을 확인하고
멀리서 들려오는 축성 공사 소리들
돌가루가 성곽에서 성안으로 날린다
제사장 대목수를 찾는 듯 두리번거리고 있다
병사를 부른다

제사장 대목수는 어디 있는가?
병사 성문을 열어 놓으라 하고 나가셨습니다.
제사장 찾아 보거라. 곧 기우제가 시작된다.

병사 사라진다

천문사관 뭣들 하느냐? 궁의 명을 받들라!
제사장 (하늘을 보며) 하늘길이 좋지 않다. 기다린다.
천문사관 네가 하늘에 대해 뭘 안다고! 백정 주제에. 대목수가
  아니었으면 역병에 걸린 니놈은 벌써 산 채로 파묻혔다.
제사장 잡것들이 상대할 만한 기운이 아니야. 불길하구나.

천문사관 백정에게 뭔가를 속삭인다
소년 병사 겁먹고 제사장을 피한다

병사 천문사관께서 누구도 가마 옆으론 얼씬거리지 못하도록 하라는
  명을….
제사장 (무심히) 겁먹은 소년아. 네 눈이 잠시 새가 되어 따라 날아갈 수

있는 기회야. 눈을 감고 있거라.

천문사관 뭐하느냐? 어서 형을 집행하라. 오늘은, 가마를 태우고 남은 그 아이의 몸에 있는 피를 도성에 바르라. 내일은, 사대문에 새로운 젖이 흐르게 해야 한다.

사이

.

.

서성이는 제사장
멀리 성곽의 막사를 바라본다
대목수를 찾는 표정

제사장 자시군. 하얗게 지샌 해 뒤에 달이 숨어 있어. 어린 짐승들이 인간처럼 울 것이다.

천문사관 또 또. 그놈의 헛소리. 지나가는 검은 새가 이를 간다. 혀를 내놓고 날아간다.

제사장 천문사관의 옷매무새를 잡아주며

제사장 어리석은 사관아… 마지막 숨이 어디로 날아가는지 잘 보거라.

천문사관 누구의 마지막 숨 말인가? 홍. 난 궁금하지 않아.

제사장 네 눈은 썩어도 새들이 파먹지 않을 것이다.

천문사관 칼을 꺼내 제사장을 위협한다

천문사관 네 빨간 혀도 오늘 밤이면 끝이다.

> 악공 악기를 들고 등장

악공 당신 말처럼 내가 그 아이의 머리칼을 물고 어디로든 날아갈 수
  있으면 좋겠어요.
제사장 오래전부터 자네처럼 눈을 감고 지나가는 새가 보였어….

> 천문사관 칼을 내려놓는다
> 제사장 큰 칼을 꺼낸다
> 마치 백정 같다
> 천문사관 뒤로 물러 움찔한다

> 사이
> .
> .

> 사람들 웅성거리기 시작한다
> 악공 세숫물에 얼굴을 씻는다

악공 연주를 하게 해 주시오.
제사장 달로 이곳을 가릴수 있는가? 자네가 부른 바람이 따라올 텐데….
악공 이 세상의 바람을 부르려는 것이 아닙니다. 제 피 속에 있는 바람을
  부르겠어요. 오랫동안 제 피 속에 감춘 바람을.
제사장 피바람이 불겠군…. 하하하.
악공 내가 기억하는 것은 아무것도 없어요. 나는 내 이름도 잊었고

연주도 다 잊었소. 소리는 한번 떠나면 돌아오지 않습니다. 하지만 한 번은 고향으로 돌아오게 할 수도 있어요.

제사장 내가 돕겠네.

악공 (악기를 조율하며 제사장에게만 들리듯이) 비가 내려야 합니다. 마적 떼는 비가 내리면 달리는 말들에게 물을 먹이기 위해 방향을 돌릴 겁니다.

제사장 그럴 수 있기를 빌어야지.

　　　　악공 눈을 감고 자세를 취한다
　　　　제사장 괴로운 표정

천문사관 그년의 머리칼이 다시는 자라지 않도록 햇볕에 다 타야만 한다. 더 이상 저 가마 속에서 불길한 울음소리가 들려오지 않도록 아니, 저 울음소리가 사람들이 귀를 처막아도 끊임없이 들리도록 해야 한다.

　　　　병사들 주춤한다
　　　　제사장 머리를 풀어헤치고
　　　　기우제를 하기 시작한다

제사장 가마 속에서 아주 고요한 숨소리가 들려온다. 소년아, 저 가마에 누가 들어 있는가?

소년 병사 (눈이 희번덕 거리며 혼절하듯) 숨을 나누어 가진 형제입니다. 두 사람은 같은 살냄새를 가졌습니다. 가마에서 뻗어나온 머리카락들이 가마를 칭칭 휘감고 있습니다. 엄마 젖을 물러가고 싶어. 졸려, 졸려.

사이
.
.

제사장 소년아 보거라. 귀신이 아니라 그건 사람이다. 귀신은 사람의
몸으로 들어가야만 울 수 있다.

사이
.
.

제사장 (등을 돌리며) 악공아, 네가 막아 보거라. 내가 인간의 눈을
감추는 춤을 출 테니 그 아이를 데리고 여기를 떠나라.
(병사들에게) 가마 불을 준비하거라. 내 한번 칼 위에서 놀겠다. 내
눈이 짐승의 눈으로 들어가 비를 마중 나갈 것이야.

두 눈동자를 빼서 바닥에 버린다

천문사관 또 또. 그놈의 헛소리. 비를 마중 나가? 웃겨.

사이
.
.

제단으로 가서 읍을 하는 제사장
바위에 피를 뿌리고

바위에 기름을 뿌리고
불을 피운다
악공 연주를 시작한다
자신의 팔을 찌르는 제사장
놀라는 사람들
제사장 머리칼과 칼에 자신의 피를 묻힌다

제사장 북극광이 반짝인다. 흑점이 캄캄하다. 바람 소리가 점점 무섭게
가까워진다. 여기는 누구의 울음인가. 이 성은 누구의 잠 속인가?
가마가 운다. 가마가 날아간다. 가마가 날아간다.
병사 (유령을 본 듯한 놀란 표정으로) 제… 제사장 님… 서. 서… 성곽 난간
끝에…. 대목수로 보이는 사람들이, 대목수 님의 옷을 입은 수백 명이
서. 서. 있습니다. 이쪽으로 오. 오. 오고 있습니다.
제사장 우리 눈을 지나가는 하얀 달이다. 눈을 감고 있거라.

눈을 감고 칼을 흔들기 시작하는 제사장
제사장의 춤사위
점점 고조에 오르기 시작한다
한쪽에서 장작이 타오르기 시작한다

악공 달아 내 소리를 들으면
네 몸은 물로 가득하거라

달아 가뭄이 든
내 형의 몸으로 들어가
물이 되거라

연주가 고조된다
구슬프고 몽연하고 비릿한 선율들
가마가 흔들리기 시작한다
미친 듯이 흔들리는 가마
제사장의 춤과 악공의 연주 만났다가,
충돌하고,
어울리다,
이별하고,
끝끝내,
서로 멀어지고,
서로의 눈 속으로,
서로의 꿈속으로,
사라지는 듯한 연주와 춤,
바람에 제사장의 머리가
풀어헤쳐진다
흔들리는 가마 속에서
검은 머리칼이 흘러내린다
수백 마리 새가 떼 지어 날아와
가마 옆에 앉아 머리카락을 쪼다가
물고 날아오른다
웃음소리
울음소리

천문사관 매수한 백정에게 눈짓을 한다
백정이 창을 가지고 느리게 움직이다가
가마를 향한다

찌른다
박는다
찌른다
박는다
춤과 연주가 멈춘다

악기를 내려놓고 흐느껴
머리가 풀어 헤쳐져
허탈해 쓰러지는 악공
무릎을 꿇고 흐느끼는 제사장

악공 아. 아. 아….

오열하며
땅을 주먹으로 내리치는 제사장
악공 뛰어가 가마를 연다
가마 속에서
달래를 품에 꼭 안고 있는 대목수
대목수의 품에서 혼절해 있는 달래
대목수 등에 창이 꽂혀 있다
놀라는 사람들
웃으며 성문으로 비칠비칠
걸어가는 대목수

대목수 현아… 현아…. 어디 있느냐….
천문사관 아이고, 대목수 님…! 오… 나의 대목수 님!

제사장 (맥없이 머리가 풀어헤쳐진 모습으로 주저앉아) 스스로 가마 속으로
　걸어들어 갔구나.

　　　　대목수 비칠비칠 달래를 안고 걸어 나와
　　　　제사장 앞에 고꾸라진다
　　　　노파 달려가 달래를 받는다
　　　　제사장 달려가 대목수를 끌어안는다

대목수 나의 혼은 영원히 땅에 들어가지 못할 것이다. 성벽에 갇혀 울고
　있는 영혼들을 꺼내 주어라. 내 피를 입에 부어 주거라. 세상을 구할
　수 없구나. 오랜만에 깊은 잠을 자고 나왔다. 사람을 안고 꿈을 꾸다가
　깨어난 기분이야. (피를 토한다)

　　　　악공 다가가 대목수를 안는다

대목수 아우야, 연주 잘 들었다. 오랫동안 그 소리가 그리웠다.
　(안고 있던 달래를 넘겨주며) 받아라. 내 고향은 (잠든 달래의 머리를
　쓰다듬으며) 내 숨이 머물던 이 악기 속에 있었구나.
악공 (눈을 감은 채) 형님, 미안하오. 미안하오.

(목소리)
어린 악공 난 이 다음에 엄마를 닮은 노래를 지을 거야.
어린 목공 그래, 꼭 이 세상에서 가장 아름다운 자장가를 만들어 줘.
어린 악공 응. 꼭.
어린 목공 약속.

천둥 소리
마을 사람들
비명 소리
바람이 심하게 분다
사대문을 닫아 보려고 하는 병사들
싸우는 마적 떼와 병사들
마적 떼에게는 상대가 되지 않는다
몇몇은 성곽 위에서 활에 맞아 떨어지고
척후병은 등에 창을 꽂은 채
달려오다가 문 앞에서 쓰러진다
말밥굽 소리들
환호하는 마적 떼들
사대문 안으로 들어와
횃불을 던지고
사람들을 해친다
비명을 지르는 사람들
달아나는 사람들
올가미에 메인다
소 등에
달라붙어 입을 벌려
피를 빠는 유령들
말과 소의 다리 아래로 가서
입을 벌려 젖을 빠는 유령들
발에 쇠고랑을 차고 있는
흑인들로 보이는 이방인 포로들
입을 벌리고 유령처럼 북을 치고 있다

기병과 보병들은
패잔병들의
머리통을 사대문의
지붕이며 바닥에 던지고 있다
죽은 왕을 우물에 던져 버리고,
저항하는 제사장과 백정과 관군들이 베인다
말을 탄 채
모두 가면(현대식 방독면)을 착용하고 있다
마을 사람들
광장의 가운데로 모여 묶여 있다
노파는 달래를 가마 속에 숨긴다

마적대장 전사의 말들은 땅에 떨어진 새알도 밟지 않는다. 조심성과
민첩성을 가졌지
너희의 손은 흙의 노예지만
우리는 바람의 발들이다
우리는 바람과 피를 나누어 가졌다.
우린 땅과 흙을 믿지 않는다
우리의 말들은
바람 속에서 피 냄새를 맡고
어둠속에서 눈을 뜬다

　　　　칼을 꺼내 주위를 가리키며

마적대장 여기에도 아이들의 그림자를
바구니에 주워 가는 귀신이 가득 보이는구나

저놈이 성벽 속에 숨긴 어린아이의 머리통들이 눈을 뜨는구나
너희들을 바람에 씻어 주려고 왔다
우리들의 말에게
젖을 준다면 아이들은 살려준다

　　　벌벌 떨며 두려워하는 사람들
　　　기병들이 말에서 내려 말을 끌고 와
　　　여인들의 저고리를 헤치고 젖을 강요한다
　　　거부하는 여인들
　　　마적에게 베이는 여인들

악공 그만두어라!

　　　악공 끌려온다
　　　목에 칼을 찬 채 무릎이 꿇린다
　　　적장이 말을 타고 와서
　　　칼로 악공의 목을 들어본다

마적대장 너는 우리 군악대로 스스로 걸어 들어온 자이다. 너는 바람의
　슬픔을 가장 잘 표현하는 최고의 악사였다. 병사들은 너의 연주를
　'바람의 발'이라고 이름 붙였지. 바람의 발이여! 연주로 동지들을
　맞이하라!
악공 나는 혀로 밭갈이를 하는 설경꾼이 아니다. 바람을 따라
　흘러다니다가 너희를 만났을 뿐. 악사는 누구의 병사도 신하도 아니다.

　　　적장 박장대소한다

마적들 모두 웃는다

마적대장 하하하! 하지만 네 연주 소리를 듣고 이렇게 우리가 달려왔지
　않은가?

　　　　배신감에 수군거리는 사람들
　　　　마적들 무기를 치켜 올리고 승리에 도취한다

마을 사람들 저자가 마적을 불러들였어.
마적대장 나는 바람 속에서
　늘 너의 머리칼 냄새를 맡고 있었다.
　네가 적의 활을 맞고 들에 누워 있을 때
　네 머리칼에선
　바람 냄새가 난다는 걸 알았다.
　잊었는가? 내가 준 말 한 마리만이 네 곁에 누워 잤다.
　너는 눈물이 많고 약한 자였어.
　너는 악기를 다루며 그 안에 네 울음을 숨기고 싶어 했지
악공 듣고 싶지 않아. 듣고 싶지 않아.
마적대장 나는 네 등에 박힌 화살을 뽑아 준 사람이다.
　보거라. 널 구하려다 난 이 한 팔을 잃었다.
　남은 이 팔로 너에게 난 연주를 가르쳤다.
　바람 속에서
　눈물을 말리는 법을 알려주었고
　너에게 바람의 길을 따라
　소리를 부르는 법도 가르쳤다.
　전쟁터에서 죽은 짐승을 달래는 법을 말이지.

그리고 너도 우리처럼

자신의 피 속에 부는 바람 소리를

따라 살고자 했다.

맹인 천문관 아들아! 너는 아직도 네 자신을 달래지 못하고 있는가?

악공 헛소리 마라. 넌 내 아비가 아니다.

맹인 천문관 (코를 킁킁거리며) 우리의 말들과 우리의 살냄새가 그립지

않더냐?

우리는 너를 다시 데리러 왔다.

긴 여행을 함께해 온 이 말이

쉬도록 해 다오.

우리 품에 와서 말과 바람이

편히 잠들도록

자장가를 연주해 다오.

그리 해 준다면

네가 처음 등에 화살이 박힌 채

말에 업혀 우리에게 왔듯이

성 밖으로 말을 태워

너를 다시 보내주겠노라.

바람을 따라 다시 만난다면 그때 목을 베겠다.

맹인 천문관 스님의 머리통을

바닥에 던진다

악공 내 연주는 오래전 피를 흘리고 황야에 쓰러졌다. 너희들이 저 땅에

버린 병든 말과 다를 게 없다.

마적대장 (악공의 목에 칼을 대며) 거짓말! 네가 죽인 말들의 울음이

들리지 않는다고? 천관아! 이자의 마음을 읽어 보거라.

> 맹인 천문관 길을 더듬어
> 악공의 얼굴을 만지며

맹인 천문관 (악공의 목소리로) 나의 눈은 달이 삼켰고
　나의 손가락은 해가 졌고
　나의 심장은 바람이 되어 사라졌다.
　나는 이제 아무 소리도 듣지 못하는 악공이다.
마적대장 빌어먹을 녀석. 땅에 정이 들어 눈이 멀었구나. 내가 너의 눈을
　바람으로 씻길 것이다.
악공 필요 없다.
마적대장 그렇다면 네 연주를 들어줄 귀도 필요 없겠구나. 저자의 남은
　귀가 똑똑히 볼 수 있도록 한쪽 귀를 베거라.
마적 네!
악공 윽.

> 마적 부하 악공의 귀 한쪽을 베어
> 마적대장에게 준다
> 도성 사람들 벌벌 떤다

마적대장 개들에게 이 귀를 먹이로 주거라.
　너는 우리를 따라 간다
　바람이 내 아들을 다시 깨울 것이다.
　이래도 연주를 못 한다면
　두 팔을 자르겠다

너의 팔 하나는 여기 망루에 남겨 두마

네가 울 때마다 그 팔이 흔들리도록

악공 머리카락은 그냥 남겨 다오. 이 머리카락은 이 흙과 함께 썩고

싶으니….

마적대장 (의수로 박수를 치며) 초원에 누워 잠들 때마다 너의 한 팔을

베고 자마. 전사는 너의 말을 기억하겠다.

(말에서 내려 겁에 질린 한 여인을 움켜쥐고 저고리를 찢으며) 예전에

한 팔로도 기막힌 연주를 한 악사도 있었지. 지나가는 기러기를 잡아

끓여 먹여 주면 우리가 곤한 여정에서 잠들 수 있도록 고향 생각이

나지 않는 음악을 연주해 주었지. 우리는 이 나라와 달리 악사를

존중할 줄 안다.

> 마적대장 말에서 내려 한 여자를 붙잡고
>
> 가슴에 혀를 갖다 대려 한다
>
> 비명을 지르는 여인,
>
> 달려오는 그의 남편을 베어 버린다

마적대장 우리의 말들과 전사들은 지쳐 있다. 오랜만에 술과 고기를

먹으며 너의 구슬프고 아련한 연주를 듣고 싶다. 이자들이 가엾다면

연주를 해.

악공 더는 당신들을 위로할 수 없소.

마적대장 매정한 놈. 너는 우리가 배가 고파 눈물을 흘리며

죽은 아이들을 끓여 먹을 때에도

사람의 얼굴이 열리는 이상한 나무 아래서

우리가 입을 벌리고

칼을 내려놓고 쉬고 있을 때에도

노래를 해 주고 연주를 해 주었다.

다시 우리의 눈먼 말과

우리의 눈먼 가슴들을 달래줄 수 있다.

악공 그건 내가 아니었어. 내가….

마적대장 오늘 밤 너를 위해

특별히 기러기를 한 마리를 삶아 주겠다.

네 핏속에는 아직도 바람 소리가 난다.

너는 네 소리와 함께 떠돌아야 한다.

너는 왜 듣지 못하느냐?

제사장이 앞으로 걸어온다

제사장 그자의 피에선 흙냄새가 날 뿐이다

사람은 흙으로 만들어졌을 뿐이다

그는 방금 전 소리가 되지 못한

몸속의 바람을 모두 땅으로 흘려보냈다

그는 이제 사람의 살 속으로 들어가려 한다

사람의 살 속에서 썩고 싶은 걸 왜 막으려 하는가?

마적대장 넌 누구냐?

천문사관 이곳의 천골 백정무당입니다.

마적대장 이따위 흙으로? 흙으로 지은 성은 바람 하나 가두지 못해!

이따위 사람의 손으로? 사람 손으로 지은 흙은 시간을 견디지 못해.

무당아, 눈이 멀었는가? 바람만이 끊임없이 살아남는다는 것도

모르더냐?

제사장 난 눈을 잃어버린 지 오래오. (의안을 꺼내 바닥에 버린다)

악공 내게 처음 연주를 시키던 날 당신은 말했어.

인간의 연주에서 피가 날 때는

그것이… 그 소리가

사람이 되었기 때문이라고.

마적대장 흥, 널 달래기 위한 헛소리였다.

천문사관 (마적대장 앞에 무릎을 꿇으며) 마적대장 님. 그자는 소리로부터
    달아나고 있었을 뿐. 그자의 연주는 언제나 당신들의 울음보다
    진실되지 않았습니다. 그자의 연주는 당신들의 칼보다 진실되지
    않았습니다. 그자의 연주는 당신들이 자면서 중얼거리는 소리보다
    얕습니다. 그자의 연주는 진실되지 않습니다. 마적대장이여. 저는
    천문을 읽는 사람입니다. 저를 믿으소서!

마적대장 저자의 혀는 우물 속보다 얕아 깊이가 훤히 보이는구나. 혀를
    베어서 귀신이 된 말에게 먹이겠다.

            마적 천문사관을 붙잡는다

천문사관 살려줘. 살려다오. 나는 쓸모 있다.

악공 난 이곳이 그리웠다.

    바람이여 들어라

    내 소리에서 피가 흘렀다.

    그 소리는 이제 사람이 되었다.

            악공 악기를 부수어 버린다

맹인사관 뭐! 뭐하는 짓이냐!

마적대장 네 혀는 우리의 말처럼 입 속에 있을 때 하얗고 아름다웠는데
    무엇을 만나 검게 변해 버린 거냐? 네 형처럼 밤을 지샌 그 흰 혀로

어딜 가려고 하느냐? 이젠 소용없는 짓이다. 네 팔 하나를 뜯어 국잘 삼아 오늘 밤 군사들이 먹을 국을 젓겠다. 여봐라! 사람들을 죽여 솥에 넣고 국을 끓여라. 밤새도록 저놈의 팔로 국을 저어라. 연주를 어떻게 하는지 보고 싶구나.

> 마적 다가와 악공의 팔을 하나 벤다
> 툭 떨어져 나가는 팔

악공 윽.

> 마적은 솥을 가져와 팔로 국자처럼 젓는다
> 낄낄거리며 국물 맛을 보는 마적들

> 마적대장 악공의 팔을 들어 국물을 맛본다

마적대장 음. 좋군. 좋아. 맛이 아직 가진 않았어.

> 맹인 천문사관도 맛을 보고
> 고개를 끄덕인다

> 고통스러워하며
> 비명을 참은 채
> 고꾸라지는 악공
> 숨이 거칠다
> 아무도 모르게
> 나지막이

악공 달아나. 달아나….

마적대장 (팔을 부하에게 건네주고 머리채를 끌어당기며) 네 목소리에선
　용기 있는 자의 심장 냄새가 난다. 악사로서 명예롭게 죽고 싶지
　않느냐? 한 팔로 연주를 할 테냐?

　　　숨이 거칠다
　　　고개를 드는 악공
　　　맹인 천문관 악공의 머리 냄새를 맡는다

맹인 천문관 이자에게 잠든 그 아이의 머리카락 냄새가 납니다. 누군가
　악공의 머리를 감겨 주었군요.

마적대장 그 애를 찾아라! 그 아이의 젖이 필요하다.

　　　마적들 주변을 뒤지기 시작한다

마적대장 악공아, 그게 사실이냐? 여자의 머리를 네 손으로 감겨
　주었다는 게? 여인도 정말 네 머리칼을 감겨 주었느냐? 그게 우리
　부족에게 어떤 뜻인지 아는가?

맹인 천문관 서로 머리를 감겨 주고, 머리칼을 씻어 준다는 건…
　저승까지 함께 가겠다는 뜻이옵니다.

악공 내 혼은 네 머리카락에 숨어서 졸면 돼…. 그러면 돼….
　내가 달래 볼게…. 어서 달아나.

　　　악공 자신의 남은 손을 물어뜯는다

맹인 천문관 (악공의 머리칼을 들어 칼로 자른다) 네 피에서 노래가

나오는구나. 네 노래에서 이제 피가 흘러내리는구나. 너는 이제 네
소리를 지상에는 남길 수가 없도다.

마적대장 가엾구나. 바람이 불어오는 반대쪽으로 저자의 목을 베거라.
눈을 감을 수 있도록.

> 마적 칼을 들고 내리치려 한다
> 어디선가 머리를 풀어헤친 노파가 다가와 가로막는다
> 가슴의 저고리를 펼치고
> 젖무덤을 꺼내며

노파 멈춰! 내 젖을 가져가라! 오늘 밤 너희들에겐 젖이 필요하니 악공을
살려다오.

> 다가와 가슴을 훔쳐보고
> 침을 흘리는 마적들

마적대장 늙은 저자의 젖에서 젖이 나올까? 천관아 말해 보거라!

맹인 천문관 저 여자의 피는 저 여자의 딸들입니다. 하지만 늙은 여자의
젖은 흰 피에 가깝습니다.

마적대장 맞아. 그래. 내 어미가 모유는 흰 피라고 했었지. 노파여, 너의
말을 믿어 보마. 말에게 젖을 먼저 먹여 보아라. 젖이 안 나오면 수백
마리 말이 네 얼굴을 밟고 지나갈 것이다. 말을 데려오고 저자의 젖을
짜라!

악공 안 돼! 안 돼! 이놈들아.

> 부하들 노파를 잡고 저고리를 풀어헤친다

사람들 울면서 고개를 돌린다
낄낄대는 마적 떼들
노파를 끌고 말 앞에 데려간다
말 머리를 숙여 노파의 젖을 짜고 있다

노파 윽… 윽….
마적 젖이! 젖이. 안 나옵니다. 역병에 걸린 듯 피고름만이….

　　　　악공 기어가서 마적대장의 발을 붙든다

악공 그러지마. 그러지마….

　　　　마적이 말의 앞발로 못 움직이도록
　　　　몸을 누르고 있다
　　　　제사장이 마적대의 칼을 하나 빼앗아
　　　　노파의 앞을 가로막고 칼을 빼든다
　　　　부하 몇과 거칠게 싸우다가 고꾸라지는 제사장
　　　　마적의 칼에 목이 잡힌다

제사장 이 몸의 피 냄새를 씻어 다오.
마적대장 바닥에 눕히거라.
맹인 천문관 말이 저 무당의 머리통을 밟고 지나가게 해 주거라. 저자의
　　몸통에 바람이 지나갈 때마다 자신의 머리통을 찾아다니도록.
마적 네!

　　　　마적대장 칼을 높이 들어 신호한다

천문사관 볼 만하겠군.

맹인 천문관 전사들아, 가마를 태워라.

　사람들아, 묻지 못한 아이들을 방에서 데리고 나오라.

　가마 속에 태워 하늘로 보내고 싶거든.

　오늘 밤 죽은 아이들의 가슴속에선 수천 마리 새가 날아오르겠군.

　　　　말이 앞발을 들어 누워 있는

　　　　제사장을 향해 달려가려는 듯

　　　　숨을 거칠게 내뿜는다

제사장 목공아, 내가 가르쳐 준 자장가가 들려온다.

　　　　눈을 감는 제사장

　　　　마적이 천문사관도 바닥에 눕힌다

　　　　겁먹는 천문사관

천문사관 저 안에 있어. 가마에 있어.

　우린 모두 저 가마로 들어간 년한테 홀린 거야!

　저년의 저주야!

　　　　천문사관 일어나서

　　　　마적 병사에게서 활을 빼앗는다

　　　　활시위를 가마로 당기려 한다

　　　　제사장 백정처럼 칼을 들고 달려들어

　　　　천문사관을 베어 버린다

　　　　쓰러지는 천문사관

천문사관 윽.

마적대장 숨어 있는 젖 냄새가 가득한 곳이로다. 젖 있는 여자들과 젖
    있는 말만 빼 놓고, 모두 베어라!

마적들 네!

> 마적들 여인들을 붙잡고
> 저고리를 찢는다
> 마적 하나 창을 들고 가마로 달려간다
> 그걸 막으려다 베이는 제사장 쓰러진다

노파 안 돼! 안 돼! 이놈들아!

> 가마 쪽으로 필사적으로 기어가는 악공
> 마적이 창을 찌르기 직전
> 달래가 가마에서 스스로 나온다

> 사이
> .
> .

달래 자장 자장 우리 아가
    자장 자장 잘도 잔다
    꽃이 지면 달에 숨고
    달이 피면 숨어 자라
    자장 자장 우리 님아
    걱정 말고 눈을 감소

내 눈 멀어 따라 가네
내 눈 속에
이 슬픔을 달래 가네
이 노래로 달래 보네

　　　대목수의 베개를 꼭 안은 채
　　　마치 태어나서
　　　처음으로 부르는 노래처럼
　　　사방이 고요해진다

　　　정적

　　　망루.

병사 동생 (고개를 내밀고) 어떡하지, 어떡하지?
병사 형 맞추어야지.
병사 동생 안 보여.
병사 형 안 보여.
병사 동생 무서워. 엄마는 어딨어?
병사 형 무서워. 바보야 엄마는 없어. 죽었어. 그딴 생각할 시간 없어.
　어서 쏴.
병사 동생 엄마… 엄마….

　　　병사 형 엎드린다
　　　병사 동생 떨며 화살을 쏜다

날아가는 화살

달래 엇. 어.

　　　　고개를 숙이고 우는 병사 동생
　　　　고개를 드는 병사 형

병사 형 어딜 맞춘 거야?
병사 동생 형 추워.
병사 형 그래 추워.
병사 동생 어딜 맞춘 거야?
병사 동생 가장 슬픈 곳.
병사 형 어디?
병사 동생 심장.

　　　　음악

　　　　바닥에 떨어져
　　　　피를 흘리는
　　　　나비 한 마리처럼
　　　　퍼덕이는 달래

　　　　비가 뚝뚝
　　　　이마로 떨어진다
　　　　쏟아진다

210

사람들 비다! 비가 내려.

      빗속에서
      자신의 아이를
      품에 안고 있는 마적대장
      아이에게 빗물을 먹인다
      마적대장 부서진 악기를
      칼끝으로 들어 올린다

마적대장 초원으로 돌아간다! 길을 터라!

      마적 떼
      말발굽을 돌린다
      달래의 가슴에서
      젖이 흐르고 있다
      마른 땅을 적신다

      노파가 달려가서 달래를 안는다

악공 (달래에게 기어가며) 달래야. 달래야.

      비가 쏟아진다

2장
지붕

탈을 쓴 광대
지붕 위에서 춤을 추고 있다
비가 내리고 있다
빈 성곽
망루의 형제는 보이지 않는다
연한 바람

광장

곡비가 운다

빗속에서
상여가마가 움직인다

노파가 운다

사람들 죽은 아이들의 베게를
안고 나와 가는 가마 속에 집어 넣는다

곡비가 대신 운다

인간의 잠 속으로
연결된
모든 노래들처럼
자장가가
성벽 속에서
들려온다

성문이 열린다

백야가 서서히 걷힌다
흰 달이 물에 가득하다

암전

가여운 운명 달래기

김경주의 희곡 「나비잠」에 부쳐

신형철(문학평론가, 조선대 문예창작학과 교수)

1

김경주의 「나비잠」은 2013년 9월 19~29일 서울시극단에 의해 '서울의 혼 시리즈 1'로 세종문화회관에서 공연되었다.[1] 그 공연을 나는 보지 못했다. 그래서 이 글은 「나비잠」에 대한 서사적 분석이 될 수밖에 없다. 모든 희곡은 무대에 오를 때 완성된다는 것을, 그리고 '서사성'으로 환원되지 않는 '연극성'이 존재한다는 것을 모르지 않지만, 일단 이야기 자체에 대한 음미와 분석 없이는 다른 일이 가능하지 않을 것이다. 게다가 이 작품은 '시극詩劇'이다. '산문극'이 아니라 '운문극'이라는 말이다. '운韻'과 '산散'의 차이는 일단은 말을 조이고 푸는 기술의 차이이지만, 이는 단지 기교의 문제가 아니라, (인간과 세계의) 진실이 어떤 언어로 더 잘 전달될 수 있는가를 둘러싼 입장 차이

---

[1] 연출은 김혜련, 협력 연출은 테오도라 스키피타레스, 작곡은 신나라가 맡았다.

의 문제이기도 하다. 시극을 쓰는 사람은 운문으로만 전달될 수 있는 것이 있다고, 줄여 말하고 돌려 말하고 빗대 말해야만 인간과 인간 사이를 흐르는 감정의 결이 더 전달된다고 믿는 사람이다.[2] 그런 화법으로 쓰인 이야기가 쉽게 이해될 리 없다. 이 작품의 서사 구조를 음미해 보는 일이 필요한 이유가 거기에도 있다.

「나비잠」의 배경에 대해 알아 두면 좋을 것이다. "이 이야기는 조선 초기 사대문과 도성 축성이 이루어지던 어느 여름의 시기를 다룬다." 더 정확히 말하면 '서울 한양도성漢陽都城'이다. 조선의 수도인 한양의 경계를 표시하고 외적의 침입을 막기 위해 지어졌다. 태조 5년인 1396년 1월 9일에 장정 11만 8천7백여 명을 동원하여 축성을 시작하였으며, 98일 만에 성벽의 축조를 완료하고, 9월에는 성문을 모두 완성한 것으로 돼 있다. '한양도성'을 줄여 '한성'이라 했으며 이는 성곽과 문뿐만 아니라 그 내부의 공간을 모두 포괄하는 말로 사용됐다. 1396년 완공 이후에도 몇 차례 보수 및 증축이 이루어졌기 때문에 이 작품이 "어느 여름"이라고 지칭한 시기가 언제인지는 불분명하다. 실제 역사를 배경으로 거느리고 있지만 그것에 얽매여 있지는 않다. 공사를 총지휘한 대목수의 욕망이 이야기를 이끌어 가고, 이를 중심으로 몇몇 사람의 운명이 거기 얽혀 든다. 차차 보겠지만, 이것은 상처 입은 인간의 욕망과 그 운명에 대한 이야기이고, 왜 우리 모두에게 자장가가 필요한지를 말해 주는 이야기이다.

---

2 김경주는 시극을 "침묵의 질을 표현하는 극"(<한국일보> 2014년 5월 10일)이라 규정한다.

달래, 버려진 아이 (1막)

여자가 아이를 안고 있고 남자가 그녀를 나무란다. 친 자식도 아닐뿐더러 아이가 사흘 동안 울지도 자지도 않고 내내 웃기만 하는 것은 역병에 걸린 증거라는 것이 남편의 주장이지만, 아이를 자신이 맡아 키우겠다는 아내의 의지는 완강하다. 아비는 아내가 잠들기를 기다렸다가 몰래 아이를 버리고 가는데, 이어 탈을 쓴 광대가 나타나 아이를 안아 달래기 시작한다. 맞은편 성곽에서는 어린 형제 병사가 집을 나간 엄마와 아빠를 그리는 대화를 나누며 보초를 서고 있었는데, 지붕 위의 광대를 염탐꾼으로 오인하여 화살을 쏜다. (2막 9장에서 다시 등장할 때 분명해지지만, 이 형제는 대목수와 악공의 어린 시절을 현재 시점에서 대리 표상하는 역할을 한다.) 광대는 추락했지만 다행히 아이는 죽지 않았는데 이때 어디선가 나타난 노파가 아이를 거두어 숲속으로 사라진다. 이어지는 숲속 에피소드가 알려주듯 그 노파는 죽은 자의 머리카락을 잘라 생계를 이어가는 사람이다. 비참한 세월 속에 버려진 아이를 한 비참한 노파가 거두었다. 이 아이가 '달래'다. 1막은 여기서 끝나고 시간은 몇 년 뒤로 건너뛴다.

대목수와 그 주변인들 (2막 1장)

기한이 두 달 앞으로 다가왔는데 공사는 아직도 진행 중이다. 그런데 인부들이 기근과 역병으로 죽어 가고 있어 공사 관계자들의 속은 타들어간다. 2막 1장에는 핵심 관계자 셋(대목수, 제사장, 천문사관)의 힘의 구도가 제시돼 있다. "무너진 성벽에 죽은 사람의 머리통을 박아 넣어서라도 완성해야 한다."(41쪽) 이 대사만으로 짐작할 수 있거니와, 대목수는 냉철하고 합리적인 리더라기보다는 거의 광기에 가까운 집착으로 공사를 밀어붙이는 병리적인 인물이다. 이 대목수를 중심에 두고 천문사관과 제사장이 대립구도를 형성한다. 천문사관은 조정에서 파견된 공무원으로서의 자부심을 갖고 있어서 이민족 출신인 제사장에게 적대적 태도를 취하는데, 정작 대목수는 오히려 천문사관이 아니라 제사장을 신뢰하고 있어 흥미롭다. 대목수가 민심 회유책을 꾸미는 와중에 자신을 닮은 아이 하나를 물색하여 데려왔다가 역병이 의심되어 다시 내다버린 적이 있다는 사실과 또 아주 중요한 다른 인물 하나가 먼 곳에서 이곳으로 오고 있다는 사실이 알려진다. 전자는 달래인데, 후자는 누구인가.

악공, 달래를 만나다 (2막 2장~3장)
그는 '악공'이다. "멀리 말 한 마리 자신의 등에 잠이 든 상태의 악공을 태우고 걸어오고 있다. 말의 등에 화살이 하나 박혀 있다."(53~54쪽) 지친 그가 노파와 달래 앞에 나타나 하룻밤 쉬어 가게 해 달라 청한다. 노파가 죽은 자들의 머리칼을 잘라 판다는 얘기를 듣고, 또 달래가 자기 머리를 자르는 장면을 보고, 악공은 경악한다. 그러나 악공과 달래가 서로에게 끌리는 것을 막을 수 있는 것은 없다. 2막 3장 초입에 아궁이 앞 장면은 애틋하다. 오랜 여행에 지친 악공이 달래의 어깨에 기대어 잠이 든다. "악공을 바라보는 소녀의 눈동자 속에서 아궁이가 뜨겁다."(60쪽) 여기서 달래가 잠든 악공에게 자장가를 불러

주는 장면은 상징적이다. 이 장면 이후 달래와 악공을 대신하여 두 사람의 인형이 등장하는데 달래인형이 악공인형의 머리를 감겨 주는 장면 역시 그렇다. 자장가를 불러 주고 머리를 감겨 주기, 이 두 가지 행위는 이 작품에서 가장 숭고한 사랑의 표현이다. 그것은 한 존재가 다른 존재를 달랜다는 것이 무엇인지를 생각하게 한다. 그리고 왜 '달래'의 이름이 달래인지도.

그리고 제목에 사용된 '나비잠'이 처음으로 등장하여 달래에게 나비의 이미지를 부여한다. 달래는 나비에 물려 날아가다가 떨어지는 꿈을 꾸고는 쓰러져서 "두 손을 하늘로 펼친 채"(62쪽) '나비잠'을 잔다. 그때 지나가던 스님이 달래를 아픈 꿈으로부터 이끌어 낸다. 달래가 심장이 아픈데 심장이 약하면 혀가 작아진다, 라는 것이 스님의 말인데, 이로써 달래가 말을 더듬는 원인을 알 수 있다. 이 설정의 의미를 두 가지 정도로 추려 볼 수 있겠다. 하나는 달래가 말을 하기보다는 듣기 위한 존재라는 것이고, 다른 하나는 달래의 말이 언어보다는 노래(즉, 자장가)에 가깝다는 것이다. 우선은 악공에게 그러한 존재이며 더 나아가서는 이 작품 속 다른 인물들에게도 그러할 것이다. 울지도 않고 자지도 않아 불길한 아이라고 평가받은 달래가 오히려 아픈 세상과 인간을 구원할 주체가 되리라는 예감을 갖게 하는 대목이다. 달래를 악공에게 인도하면서 스님이 들려주는 이야기는 아름답다. 달래와 악공의 '인연'에 대한 우화일 것인데, 이 이야기의 끝이 아픈 것은 두 사람의 인연의 끝도 그렇기 때문이다.

지독한 가뭄 때문에 나비가 햇볕 속에 떠서 졸다가… 물고 있던… 것을 그만 이승에 떨어뜨렸어. … 사슴은 콧등에 나비가 내려앉으면… 그걸 자기 연인이라고 착각하고, 숨을 멈추고… 까만 눈동자를 굴리며… 가만히 나비를 바라보지. 숨을 쉬면 날아가 버릴까 봐 숨을 멈추고 귀를 씰룩거리며 나비의 숨을 듣고 있는 거야… 이후… 사슴이 심장이 멈추도록 숲을 뛰어다니는 건 한 번 본 그 나비를 쫓고 있기 때문이야. 사람들은 사슴이 왜 저렇게 뛰는지 알지 못해. 사슴이 죽으면 나비가 날아와 가만히 입에 물고 날아가는 것도 보지 못하지… 인연이란 고약한 거야. (66~67쪽)

다가오는 시련 (2막 4장~6장)

이미 설명한 대로, 달래는 대목수의 가짜 아이 역할을 하기 위해 차출됐다가 역병을 가진 것으로 의심돼 버려졌는데, 그 과정에서 일정한 역할을 한 사람이 제사장이었다. 달래에게 또 한 번 위기가 닥칠 것을 알고 제사장이 미리 노파에게 떠날 것을 권유한다. 달래가 자라면서 흉조凶兆가 되고 있다는 소문이 퍼졌으니 이번에는 기우제를 위한 희생제물로서 다시 달래를 필요로 할 것이라는 것. "이 아인 아무도 몰라야 하는 비밀의 소리를 듣고 있어."(70쪽) 물론 이는 달래가 성벽에 귀를 대어 보는 행위를 가리킨다. 위에서 말한 대로 달래는 듣는 존재다. 성벽 속에는 죽어 간 백성들(특히 아이들)의 울음이 쌓여 있으며, 달래는 세계의 폭력으로 희생당한 자들의 말을 듣는다. 맹목적 성과주의자인 대목수에게는 달래가 거슬릴 수밖에 없다. (개발독재 시기에 문학이 탄압받은 까닭이 이와 같다.) 그러나 세 사람이 떠나기 전에 한발 먼저 병사들이 들이닥친다. 그들이 "허락 없이 밤에 눈을 뜨고 성벽에 귀를 대는 자"를 잡으러 왔다고 말하자 노파는 달래를 지키기 위해 엉겁결에 악공을 고발하고 만다.

악공이 스님과 함께 노역 현장에 끌려와 있다. 대목수도 그곳에서 희생제의용 가마를 직접 제작하고 있다. 악공이 달래를 걱정하자 스님이 짐작한 바를 일러준다. "비가 오지 않는 액운을 막으려고 그 아이를 가마에 넣어 태우려 할 걸세."(78쪽) 그때 대목수가 나타나 악공의 정체를 묻고는 임무를 부여한다. "네 음악이 죽은 자들의 피 냄새를 떠나보낼 수 있도록 할 수 있겠느냐?"(81쪽) 달래는 희생양이 되고 악공은 그 죽음을 위로해야 한다는 고통스런 운명이 둘 앞에 준비돼 있는 것이다. 이제 돌이킬 수 없다는 듯이, 제사장이 말한다. "이제 나는 눈만 감으면 새가 하늘에서 떨어지는 게 보여."(85쪽) 그래도 희망은 있다는 듯이, 스님이 말한다. "벽 틈으로 스며들어 간 빛들을 인간이 막을 순 없네."(85쪽) 그러니 인간은 어떤 절망적인 상황에서건 그저 자신이 할 수 있는 일을 끝까지 할 수 있을 뿐이다. 그가 어디서 무엇을 하다 왔건, 연주를 부탁한 사람이 누구건, 지금 애도가 필요한 사람을 위해서 악공은 연주를 해야 하는 것이다. 스님의 다음 말은 예술의 사회적 가치와 사명에 대한 일갈로도 읽을 수 있는데 시인 김경주의 생각이 이와 크게 다르지 않을 것이라고 나는 짐작한다.

스님 연주를 해 주게.
악공 제겐 더는 쓸모없는 소리들입니다. 다 저를 떠났어요.
스님 음악이 쓸모없는 세상은 없어. 사람들이 좋은 소리에도 귀를 닫는 거지.
악공 그만하세요. 그만. 전쟁터에서 저는 음악이 아무 소용이 없다는 것을
　　수도 없이 보았어요. 제 연주는 저와 점점 멀어져 갔습니다.
스님 전쟁은 모두를 죄인으로 만들지.

악공 전 이제 악공이 아닙니다. 도망왔어요. 소리들을 제가 모르는 곳으로 모두 떠나보내고 나니 후련합니다.

스님 허허. 자신이 모르는 곳으로 떠나보내는 것이 연주가 아니던가?

(중략)

스님 악사란 좋은 소리를 들을 줄도 알아야 하지만 때론 세상의 울음소리를 볼 줄도 알아야 하네. 지금 이 세상을 보게. 매일 사람들의 눈을 드나드는 저 슬픈 가락이 자넨 보이지 않는가? 졸음과 갈증으로만 가득 찬 세상이야.

(87쪽, 91쪽, 강조는 인용자)

대목수의 결핍과 욕망 (2막 7~9장)

장소는 대목수가 거처하는 막사로 옮겨진다. "아우가 돌아왔다. 그 소리들을, 그의 연주를 어서 듣고 싶구나….."(95쪽) 노역 현장에서는 밝혀지지 않았지만 이 대사를 통해 대목수와 악공이 오래전에 헤어진 형제지간임을 알 수 있다. (형은 아우를 알아보았지만 아우는 그러지 못했다.) 어릴 적 아우가 떠나서 형은 오래 외로웠고 지금도 아우를 용서하지 못하고 있다. 다만 그의 연주가 필요할 뿐이라는 것이 대목수의 말이다. 이어 대목수는 오래전 버린 달래가 살아 있다는 사실을 알고 제사장에게 달래를 죽이라 명한다. 일련의 상황이 두렵다고 말하는 제사장에게 대목수는 이렇게 말한다. "(낄낄거리기 시작하며) 운명은 가여운 것이어서 자네가 돌보고 있지 않은가."(99쪽) 이 대사가 의미심장한 것은 대목수가 이미 자기 운명에 개입하려는 의지를 상실한 것처럼 보이기 때문이다. 생이란 결국 나와 너의 가여운 운명을 달래는 것이라면(나는 이것이 이 작품의 주제일 것이라고 생각한다), 저렇게 말하

는 대목수는 이미 죽은 것이나 다름없지 않은가. 도대체
대목수는 왜 이렇게까지 하지 않으면 안 되는 것인가.

"거의 다 쌓았어. 이 사대문 안에서 이제 아이들의 서러운 울음소리는
사라질 거야. 아이들은 역병이 찾아와도 눈물을 흘리지 않을 것이고,
목이 말라 맨발로 숲을 걸어 다니는 일도 없을 거야. 배가 고파 서러워도
아이들은 저 벽 안에선 따뜻할 거야.
자거라, 피들이여. 운명이여, 자거라. 이 물 속에 떠다니는 눈동자 속으로
들어가 편히 자거라. 운명이여, 네가 잠들면 네 가슴에선 수천 마리 새가
날아오른다."(103쪽)

성벽을 튼튼하게 만들기 위해 죽은 아이들의 머리통
을 집어넣는 일조차 마다하지 않고 또 달래를 희생양으로
살해하기를 명하는 데에도 거리낌이 없는 대목수가 아니
었던가. 그런 그가 아이들의 평안과 안녕을 위해 축성이
필요하다고 말하고 있으니 위 대목은 부조리해 보인다.
그러나 위 대사는 대목수와 악공의 어린 시절에 대한 회
상(가슴 아픈 인형극이 그 회상을 시각적으로 보여준다) 이후
에 나오는 것이어서, 이 대사에서 "아이들"이라 지칭되는
것은 실은 대목수 자기 자신과 그의 동생 악공이기도 하
다. 축성에 대한 그의 집요한 욕망의 밑자리에는 엄마를
잃고 동생마저 떠나보내야 했던 자신의 유년 시절에 대한
보상심리가 깔려 있음을 짐작할 수 있는 대목이다. 모든
특별한 욕망 뒤에는 특별한 결핍이 있다. 작가는 자신이
창조한 인물의 결핍을 정성껏 들여다봄으로써 독자/관객
의 거친 선악 판단으로부터 그 인물을 구해 낸다. 이이 대
목 바로 뒤에 다시 소년 병사 형제가 나오는 것은 자연스

럽다. "아무에게도 날 빼앗기지 마." "안 뺏겨." 빼앗긴 것
이 있는데 그것을 평생 돌려받지 못했다는 것, 그것이 대
목수의 비극이고, 결국 모두의 비극이다. 비극에서 '비극
적인 것'은 피해지는 것이 아니라 완성되는 것이다. 이 작
품도 그 완성을 향해 나아간다.

대목수, 달래를 만나다 (3막 1장~3장)

3막 1장 초반의 강렬한 비극성은 각별히 인상적이다. 우
물에 빠진 아이를 구하기 위해 자신도 우물로 들어갔다가
몸이 끼어 거꾸로 매달린 채로 죽어 가는 어미의 모습, 이
장면만으로도 백 마디 말이 필요 없게 됐다. (그리고 스님
에게 비밀이 있다는 사실도 여기서 드러나는데 이에 대해
서는 뒤에 다시 언급하기로 하자.) 현실의 비참이 가속화
될수록 대목수의 집착도 강해진다. 성벽이 허물어져 내리
자 애총을 파서 죽은 아이들의 머리통을 잘라 그것을 성
벽 속에 박아 넣으라고 명령할 때, 그는 이제 광기어린 독
재자에 가깝다. 대목수 자신도 이를 모르지 않거니와, 자
신과 세계를 구원하기 위해 그는 동생의 연주를 더 간절
히 바라게 된다. "그자의 연주가 필요하다. 오직 그자의
연주만이."(124쪽) 그리고 대목수는 어머니의 혼령과 대화
한다. 소설과는 달리 희곡에서는 전지적 서술자가 3인칭
시점에서 서술할 수 없으므로 주요 등장인물의 결핍/욕
망은 어떻게든 대화로 표현돼야만 하는데 이런 대목이 바
로 그와 같은 기능을 효과적으로 해 낸다. 또 우리는 수
의를 입고 화장을 하고 베개를 끌어안는 대목수의 모습
을 통해 그가 아직도 망자에 대한 애도를 끝내지 못했고
분리를 완수하지 못했음을 알 수 있다.

이때 대목수는 창밖에서 자신을 훔쳐보는 달래를 발견한다. 어머니의 혼령과 대화를 나누다가 곧이어 달래를 만나게 된다는 설정이 의미심장하다. 대목수의 모성에 대한 집착이 어떤 식으로건 '달래를 향해' 전이되거나 '달래를 통해' 해소될 수 있을지 모른다는 암시처럼 보이기 때문이다. 그러므로 달래의 운명은, 대목수의 명을 받은 다른 누군가에 의해서가 아니라, 대목수가 직접 좌우하게 될 것이다. 이어지는 3막 3장에서 대목수의 명을 받은 병사들이 노파와 달래가 살고 있는 움막을 급습하여 그 일대를 불태우는데, 대목수는 아직 혼령에 홀린 상태로부터 완전히 빠져나오지 못한 채 정체가 불분명한 일군의 자객들과 결투를 벌이다가 부상을 당한다. 대목수를 구해 낸 것은 노파와 달래다. 그는 달래의 품에 안겨 무려 사흘이나 잠을 잤는데 자신이 죽이려 한 여성 덕분에 살아났으니 아이러니라고 할 것이다. 이어 대목수는 흙의 환영들에 홀려 달래의 머리카락을 잘라 끓여 먹고 심지어 그녀를 죽이려고까지 하는 분열증적 기행을 벌이다 사라진다. 이제 그의 파국이 얼마 남지 않았다는 느낌을 주는 대목이다.

세 사람의, 마지막 설득 (3막 4장~6장)

설득 1. 환청으로 들려오는 아이들의 울음소리에 이끌려 성안으로 들어간 달래가 체포된다. 이대로라면 그녀는 곧 화형에 처해질 것이다. 그때 악공은 정체불명의 누군가를 만나고 있는 중이다. "널 보낸 이유를 잊진 않았겠지?"(151쪽) 이를 통해 악공이 아직 마적과의 연계를 끊지 못했음이 드러난다. 악공이 연주를 시작하면 그들에 의해 도성의 모든 것이 궤멸돼 정리될 것이었다. 그 접선 장면을 제사장이 목격한다. 이제 제사장은 악공에게 형제의 과거에 대해 말해 주어야 할 때가 되었다고 생각한다. 그 옛날 형제의 모친이 전염병으로 죽었을 때 형제는 안전한 곳으로 옮겨져야 했으나 형은 죽은 엄마 곁을 떠나려 하지 않았기 때문에 동생만 말에 태워 보낼 수밖에 없었노라고. "그래서 살아남은 형을 저런 괴물로 키운 건가?"(153쪽) "그리움은 누구나 인간을 괴물로 만들 수 있지."(153쪽) 우리는 운명을 계획할 수도 정정할 수도 없으니 그저 지금 가능한 최선의 선택을 할 수밖에 없으리라. 하여 제사장은, 달래의 희생을 막을 수 없다면 그것으로 사람들에게 거짓 희망이라도 주어야 한다고, 그리고 악공의 연주로 대목수를 제 상처와 광기로부터 구해 주어야 한다고 말한다.

설득 2. 이후 제사장은 대목수의 침실로 가서 대목수에게도 마지막 설득을 시도한다. "어린 목공이여! 이제 그만둬라! 너의 이름 건으로 돌아가라! 건아! 제발……(162쪽) (…) 내가 너의 손에 정과 망치를 들게 했으니. 모두 내 죄다."(163쪽) 하지만 이제 대목수조차 제 충동(drive)의 노예일 뿐이다. 충동이란 본래 설득되지 않는 것이다. "난 하늘을 믿지 않아 땅을 믿는다. 흙은 내 손에 아직 있어. (…) 난 축성을 마쳐야 한다."(163~164쪽) 제사장은 꼭 희생제의를 하려 한다면 연주를 담당한 악공 역시 희생돼야 한다고 말한다. "가뭄이 떠나려면 자신을 갈라 버린 자도 데리고 떠나야 합니다."(165쪽) 고뇌하던 대목수는 결국 아우의 희생까지도 감당하겠노라 결심한다. 이어 대목수는 다른 두 사람의 방문(설득)도 받는다. 우선 조정에서 보낸 자객들을 처단함으로써 자기가 공사를 마무리하겠다는 의지를 다시 천명한다. 그리고 또 그를 찾아온 사람은 아우 악공인데, 대목수는 달래를 살려달라는 악공의 요청 역시 거부한다. 이 형제의 요구는 아프게 엇갈린다. 대목수는 아우를 지켜주고 싶지만 공사를 포기할 수 없고, 아우는 형을 구원하고 싶지만 달래를 포기할 수 없다.

설득 3. 이어 3막 6장에서는 스님과 악공도 만나는데 여기서도 또 하나의 마지막 설득이 이루어진다. 앞에서 3막 1장에 스님과 관련해 중요한 비밀이 하나 드러났다고 적은 바 있는데, 여기서 보충하자면, 스님 역시 사실은 마적들에 의해 이곳 한양으로 보내졌으며 과연 악공이 정해진 임무를 완수하는지를 감시하는 것이 그의 임무라는 것이다. "세속으로 보냈더니 인간사를 글썽거리다니…. (…) 악공 뒤에 널 붙인 이유는 잊지 말거라!"(120쪽) 한편 악공의 임무란, 3막 4장에서 드러났거니와, 마적 떼가 한양 침탈을 개시하기 적당한 때에 (그의 연주로) 신호를 보내는 것이다. 그런데 악공은 스님의 정체와 임무를 모르고 있었다. 이 3막 6장에서 스님이 "번민하다 뭔가를 결심한 듯"(178쪽) 갑자기 비밀을 털어놓는다. "자네가 타고 온 말과 내가 타고 온 말은… 한 어미의 배에서 나온 형제라는 것을 몰랐을 거야."(179쪽) 이제 스님은 자신의 임무를 제쳐놓고 악공에게 무엇보다도 달래를 구하라고 설득하고 있는 것이다. 이 말이 끝나자마자 스님은 누군가에 의해 살해당한다. 그리고 악공은 달래를 구하기 위해 가마로 달려간다. 기우제가 곧 열릴 것이다.

기우제 그리고 파국 (4막 1장~2장)

기우제가 시작된다. "제 피 속에 있는 바람을 부르겠어요. 오랫동안 제 피 속에 감춘 바람을."(187쪽) 백성과 달래를 위해서, 악공은 일생일대의 연주를 시작한다. 마적 떼를 위해서는 아니다. "비가 내려야 합니다. 마적 떼는 비가 내리면 달리는 말을 멈추고 발길을 돌립니다."(188쪽) 그를 돕기 위해 제사장이 나선다. 자해를 해서 제 피를 칼에 묻히고 비를 부르는 춤을 추기 시작한다. 악공(예술)과 제사장(종교)의 협업이다. 이를 두고 작가는 이렇게 묘사했다. "제사장의 춤과 악공의 연주 만났다가, 충돌하고, 어울리다, 이별하고, 끝끝내 서로 멀어지고, 서로의 눈 속으로, 서로의 꿈속으로 사라지는 듯한 연주와 춤,"(191쪽). 이때 천문사관이 매수한 백정이 가마를 찌름으로써 모두의 간절한 기원과 노력이 허물어진다. 악공과 제사장은 절망에 빠진다. 그런데 뜻밖에도 가마를 열어 보니 대목수가 달래를 품에 안고 있다. 대목수는 자기 자신을 제물로 바침으로써 희생제의를 완성하고(이로써 공사는 마무리된다), 동시에 자신의 광기로부터 스스로를 구원하려 했던 것이리라(유년의 상처로부터 해방된다). 죽어 가는 형과 오열하는 동생, 형제는 이제야 비로소 오래전 옛날처럼 서로를 안고 있다.

그리고 이때 마적 떼가 등장한다. 악공의 연주는 비를 내리게 하지는 못했고 마적 떼를 불러들이는 결과만을 낳았다. 그들은 마치 이 작품을 끝내러 나타난 것처럼 보인다. (김경주는 그들이 모두 "현대식 방독면"을 착용하고 등장해야 한다고 지시해 두었다. 이를 통해 시간과 공간의 경계가 흔들린다. 극중의 파국이 관객의 자리로 넘쳐 들어올 것이다.)
마적대장의 회유를 거부하여 악공의 한쪽 귀와 한쪽 팔
이 베어진다. 노파가 모욕당하는 것을 막으려다 제사장이
부상을 당한다. 마적대장이 제사장뿐만 아니라 천문사관
까지 함께 죽이려 하자 천문사관이 이에 격분하여 가마
속 달래의 존재를 고발하고 직접 죽이려 들다가 제사장
에 의해 살해당한다. 마적 떼가 달래를 죽이려는 찰나 달
래가 스스로 가마에서 나오고 "마치 태어나서 처음으로
부르는 노래처럼" 최후의 자장가를 부른다. 자기를 살리
려 하는 사람과 죽이려 하는 사람 모두를 위해 부르는 마
지막 구원의 노래다. 달래는, 달랜다. 그리고 죽는다. "바
닥에 떨어져 피를 흘리는 나비 한 마리처럼 퍼덕이는 달
래."(210쪽) 드디어, 비가 내린다. 이미 죽은 사람의 육신
과 아직 살아 있는 사람의 상처 위로, 자장가처럼.

3

몇 달 동안 숱하게 다시 읽었지만 나는 아직도 내가 이 뛰
어난 작품의 미묘한 암시와 기미들을 제대로 다 읽어 냈
는지 확신하지 못한다. 그러나 앞에서 말한 대로 이것이
상처 입은 인간의 욕망과 그 운명에 대한 이야기이자 왜
우리 모두에게 자장가가 필요한지를 말해 주는 이야기라
는 것은 알겠다. 그 점에서 만큼은 14세기 말의 인간과 21
세기 초의 인간 사이에 아무런 차이가 없다. 김경주가 14
세기의 대목수와 악공과 달래를 창조한 것도 21세기의 나
와 당신과 우리를 위해서일 것이다. 상처를 받을 수밖에

없다는 것이 인간의 약점이라면, 한 상처가 광기로 이어
져 더 거대한 집단적 상처를 낳을 수 있다는 것은 인간의
위험인데, 어떤 이가 타인의 상처를 위해 악기를 연주하
고 노래를 부르고 심지어 목숨까지 바친다는 것, 그것은
인간의 위대함이다. 그렇다는 것을, 즉 인간은 약하고 위
험하고 위대하다는 것을, 김경주의 이 작품은 거의 한 번
도 풀어지지 않았다고 해야 할 팽팽한 시적 긴장 속에서
격렬한 고요함으로 말한다. 나는 아래 글을 다른 곳에서
이미 인용한 적이 있지만, 한번만 더 그러면서 이 글을 끝
내려고 한다. 이보다 더 적절한 마무리를 나는 생각해 낼
수가 없다.

"작가는 누구에게서나 상처를 찾아낼 수 있는 사람이
다. 그는 원효나 퇴계, 아리스토텔레스나 하이데거의 책
을 읽으면서도 거기서 그들의 상처를 읽어 낼 수 있어야
한다. 어떤 점에서 데리다의 작업은 작가의 작업을 흉내
낸 것이라고 할 수 있다. 왕조 말 광무·융희 연간의 시국
가사를 보면서 신념과 원칙만 찾아 내는 연구는 엄밀하
게 말해서 문학연구가 아니다. 그 안에서 영혼의 상처를
읽어 내는 연구만이 문학연구가 될 수 있다. 그러나 아무
리 상처가 영혼의 본질이라 하더라도 문학이 상처의 기
록에 그칠 수는 없는 노릇이다. 상처받은 영혼이 작품의
공간을 가득 채우고 있어도 무방하지만, 작품에는 상처를
달래는 지혜의 소중함과 어려움이 암시되어 있어야 한다.
나는 불교의 불살생계를 달램이라고 번역한다. 생명을 죽
이지 않고 살 수 있는 사람은 없다. 남을 다치게 하지 않
고 살 수 있는 길도 인간에게는 주어져 있지 않다. 우리가

할 수 있는 최선의 일은 나와 남의 다친 영혼을 달래는 것
뿐이다."[3]

3 김인환, 「스투디움과 풍크툼」, '의미의 위기', 문학동네, 2007, 83~84쪽, 강
조는 인용자.

시극 '나비잠'의 알레고리

잃어버린 모성을 찾는 시적인 공명

양윤석(드라마투르그)

시놉시스

버려진 시신들의 머리카락을 잘라 숲에서 가발을 만들어 파는 노파와 달래는 어느 날 마적대에서 도망 온 악공을 숨겨 준다. 도성의 완공 임무를 맡은 대목수는 왕의 절대적 신임하에 징발을 통해 노역을 강행하지만 가뭄과 기근이 계속되는 가운데 민심은 흉흉해진다. 대목수는 비를 내리게 하고 축성의 완공을 기원하기 위한 기우제를 지내려고 한다. 악공은 사람들에게 흉조로 알려진 달래를 기우제를 위한 제물로 이용하려는 대목수의 계획을 막고자 오랫동안 하지 않았던 연주를 결심하는데…….

시극 「나비잠」은 사대문 축성에 얽힌 설화를 새롭게 창작화한 작품이다. 서울시극단 김혜련 단장이 부임한 뒤 첫 연출을 맡았으며 시인이자 극작가 김경주가 대본을 맡았다. 협력 연출로 미국 뉴욕에서 활동하는 멀티미디어

아티스트 데오도라 스키피타레스(Theodora Skipitares)가 내한하여 「나비잠」 속 등장인물들의 과거와 현재, 꿈과 현실을 오가는 독특한 시공간과 이야기를 인형극, 그림자극, 설치미술 등을 통해 이 과정을 직접 디자인하고 제작했다. 뉴욕 라마마 극장 출신의 연출가 스키피타레스는 그동안 미국의 역사, 그리스 신화 등에서 신화적 보편성을 드러내는 작품으로 '뉴욕타임즈 최우수 연극 10선'에 선정되며 주목받았다. 그는 인간의 순수함과 상처, 집념과 갈등 등의 모티브로 한국만의 특수성을 뛰어넘는 신화적 보편성을 가지며 모국어의 아름다움을 전달하는 보기 드물고 매혹적인 작가의 시극 「나비잠」에 주목했다. 음악을 맡은 신나라는 작품을 위해 유실된 자장가를 연구하고 재해석하는 과정을 거쳐 새로운 자장가 일곱 곡을 작곡했다. 이렇게 '자장가 이야기' 「나비잠」은 전 세계가 공감할 수 있는 모성을 다루며 미술, 문학, 연극, 음악 등 다양한 장르 예술가들의 협업으로 이어져 제작 과정부터 주목을 받았다. 그렇다면 「나비잠」 작품 속의 드라마는 어떠한 이야기이며 그 구성을 살펴볼 필요가 있겠다. 「나비잠」은 2시간 50분이 넘는 공연 시간과 김경주 시인 특유의 알레고리적인 드라마와 이제는 관객과 독자에게 낯설어진 '시극'의 질감으로 인해 이 과정은 더욱 필요해 보인다.

'사대문'과 김경주의 시극

「나비잠」은 사대문 안을 배경으로 서울의 영혼을 보여주기 위한 작품으로 구상되었다. 처음에는 사대문에 담긴 철학인 '인의예지'의 재해석에 주목하여, 그 각각에 해당하는 에피소드를 만들었지만, 결국 그중 가장 대표적인 '인仁'의 철학을 중심으로 재구성하였다. '인'은 여리고 모자란 것을 보살펴주는 사랑의 마음이다. 유교에서 '인'은 '측은지심惻隱之心'이라고 풀이하는데, 그것은 김경주 시의 주된 정서인 '연민'과 통한다.

잃어버린 모성을 찾아서

시극 「나비잠」은 우리가 살고 있는 서울의 사대문이라는 공간을 통해 관객에게 잃어가는 모성에 관한 하나의 드라마를 전한다. 관객은 민족적 애환이 가득한 자장가들로 이루어진 드라마를 눈과 귀로 감상하며 사대문에 사는 외로운 현대인들의 마음에서 들려오는 이야기를 만날 수 있을 것이다. 또한 자장가는 흙과 소리와 바람, 이 세 자연적 요소의 어긋난 인연들을 다시 맞추어가는 조각의 모음들로 관객은 사대문 안에서 일어나고 흘러가는 4막의 이야기를 통해 서사적 흐름과 이미지적 흐름, 선율적 흐름 어느 편에서도 이 조각을 쉽게 맞추어갈 수 있다. 흙과 소리와 바람은 서로를 내세울 경우 대립하지만 그 대립 속에서도 서로의 존재를 그리워하며 자장가 안에서 공존할 수 있음을 전달하기 위해 사대문이라는 공간 안에서 설계된다.

「나비잠」은 인간의 회복과 인간의 달램에 관한 이야기를 전달하고자 한다. 그것은 순환과 인연에 대한 이야기라고 할 수 있을 것이다. 빠른 속도감에 젖어 침묵을 잃어버린 연극 앞에서 시적 발화는 새로운 발성이 될 수 있다. 이는 우리 모국어의 속살을 무대 위에서 다시 체험하는 우리말교육의 새로운 제시이자 서울의 사대문이라는 우리가 살고 있는 공간에 대한 새로운 인식과 우리 민족의 공간이 갖는 얼에 대한 전통성과 민족성을 현대적으로 보여주고자 하는 의미가 담겨 있다.

'모성'의 상징, 자장가와 젖동냥

김경주 시인은 '인仁'의 대표적인 이미지로 '자장가'와 '젖동냥'을 떠올린다. 그것들은 '모성'을 상징하기도 한다. 이 작품은 역사적 사실을 다룬 사극이 아니라 현대 서울의 심상心象을 표현하고 있다. 김경주의 눈에 서울이라는 도시는 '모성을 잃어버린 불면의 세계'였고, '젖'이 말라버린 세계다. 그런 메마른 도시는 '불면'과 '가뭄'이라는 배경을 통해 표현된다. 그는 '자장가'와 '젖비'를 통해 이 도시에 모성을 되돌려 주고 싶어 한다. 모성이란 '우리 안에 있는 가장 본질적이고 중요한 그리움의 한 지점에 닿아 있기' 때문이다.

'잠을 자도 잔 것 같지가 않아'라는 말은 지금 이 도시에서는 너무 흔한 말이 되어 버렸다. '단잠'을 꿈꾸는 시대, 도대체 단잠은 언제부터 우리 곁에서 희미해져 버린 걸까. 생애 첫 단잠이 시작되었던 순간에 다다르면 그곳에는 나 자신보다 더 익숙한, 그래서 사무치게 그리운 목소리와 리듬이 숨 쉬고 있다. 토닥토닥 어루만지는 엄마의 손길과 젖가슴 냄새를 품고 있는 '자장가'가 그것이다. 결국 엄마의 자장가와 단잠은 한 몸처럼 우리를 어루만지다가 어느 순간 아스라이 멀어졌다.

우리는 누구나 어머니가 있고, 누구나 모성을 그리워

한다. 「나비잠」의 인물들도 모두 모성에 대한 강한 그리움을 지니고 있다. 이 작품 속의 모성은 개인적인 모성만이 아니라 공동체적 모성도 포함한다. '젖동냥'은 우리가 잃어버린 그러한 공동체적 모성을 상징하며, 자장가 또한 단순히 엄마가 내 아이를 달래는 자장가만이 아니라 남녀노소 누구나 '연민'하는 사람을 달래는 음악이 바로 자장가다. 결국 이 작품 속의 모성은 '인仁'과 '연민'의 또 다른 이름인 것이다.

가여운 '운명'의 상징, 가마加麻

김경주의 연민은 운명도 '가여운 것이어서 돌보아야만 하는 것'이다. 그가 말한 '삶에 대한 연민'과 통한다. 그의 시에서 인생이라는 운명의 과정은 '점점 시력을 잃어 가는 것이 아니라 태내로부터 자신에게 내려온 그 시력을 마중 나가는 것.' 이 작품에서 가마는 그러한 '운명'을 상징하면서, 동시에 모성을 그리워하는 장소로도 쓰인다.

'달램'을 받고 싶은 염원, 머리카락

자장가가 서로를 '달래는 음악'이라면, 머리카락은 인연의 실타래 속에서 우리가 느끼는 외로움과 불안과 슬픔과 아픔을 누군가 어루만져 주고 풀어 주기를 원하는, 달램을 받고자 하는 염원을 상징한다. 그것은 미련이 되기도 하고 한恨이 되기도 한다. 우리는 슬픔이 넘칠 때 머리카락을 자른다. 우리는 사랑하는 이의 머리카락을 만져 주고 감겨 준다. 연민하는 이가 머리카락을 만져 주면 위안을 얻고 잠이 온다.

서로가 연민하는 '흙'과 '바람'

대목수와 악공은 '흙'과 '바람'으로 서로 대비된다. 대목수는 흙이라는 물리적 세계, 즉 색色의 세계를 추구하며 그 속에서 성을 쌓고 문을 닫으며 살아왔고, 악공은 바람이라는 보이지 않는 '공空'의 세계 속에서 고독과 허무를 달래며, 각기 자신의 세계 속에서 울어 왔다. 그러나 문 안과 문 밖의 두 사람은 서로 떨어져 있지만 지평선과 수평선처럼 한 형제다. 두 형제는 모두 내면 깊이 모성에 대한 그리움을 간직하고 있다. 대목수는 엄마의 숨결을, 악공은 엄마의 살냄새를 그리워한다. 흙은 바람을 가두지 못하며 바람이 있어야 숨 쉴 수 있고, 바람은 흙을 가질 수 없고 흙이 있어야 고요해질 수 있기에. 오늘날 우리는 서로가 살아가는 세계를 이해하지 못하고 반목, 질시하며 서로 대립하는 삶을 살아가기도 하지만, 모두 근원으로 돌아가 보면 똑같이 모성이라는 뿌리를 가지고 있는 사람들이다. 그러기에 우리는 서로를 이해하고 연민할 수 있는 풍토風土를 만들 수 있지 않을까?

모든 소리를 품는 순수의 영혼, 달래

달래는 모성과 연민의 원형을 간직한 초자연적인 존재다. 균형을 잃어버린 메마른 사회 안에서 그녀는 성 밖으로 버려진 가장 약한 자이자 가장 낮은 자이지만, 가장 순수한 영혼을 가지고, 삶에 아파하는 모든 이의 소리를 들으며 잠을 이루지 못한다. '한쪽 눈으론 밤을 보고, 한쪽 눈으론 낮을 보는' 그녀는 '땅속을 나는 새'가 토해 내는 중생들의 울음소리에 응신應身하여 구원하고자 하는 '관세음(觀世音: 세상의 모든 소리를 본다는 뜻)'과 같은 존재로서,

그 무거운 아픔을 미처 풀어내지 못해 머리카락이 계속 길게 자란다. 결국 그녀의 머리카락은 결국 우리가 버리고 묻어 버린 슬픔, 우리가 풀어내지 못하고 달래지 못한 아픔, 그 모든 것들을 무대 위에 구현하는 상징이라 할 것이다.

아이러니 속에서 피어나는 심장 소리와 숨소리

이 작품 속에서 백성들과 병사, 장수들은 순진한 어린아이처럼 표현되면서 미몽에 갇혀 있는 어른들의 역할을 수행하는 아이러니를 갖는다. 백성들은 아무런 해도 끼치지 않는 달래를 단지 흉조라는 이유로 성 밖으로 쫓아내야 한다고 동조하며, 그들이 그토록 기다리던 모성의 구원이 실현되는 순간, 성곽 위의 병사는 마지막에 아무런 이유 없이 달래의 심장을 쏘고 만다. '실존'과 '부조리'의 문제를 다루는 김경주 특유의 표현이라 할 수 있는데 이러한 결말이 가지는 의미는 여러 층위로 해석이 가능하다. 다만 우리가 이런 아이러니한 현실 속에서도 삶에 대한 연민을 포기하지 않고 계속 나누어 갈 때 느낄 수 있는 심장 소리와 숨소리에 대한 작가의 알레고리가 시사하는 바를 깊이 눈여겨 볼 필요가 있다.